LE VÉRITABLE

LANGAGE DES FLEURS

PAR

Mme ANAÏS DE NEUVILLE

ILLUSTRÉ DE BOUQUETS EN COULEUR ET DE VIGNETTES

PAR ALP. GUILLETAT

PARIS

BERNARDIN-BÉCHET, LIBRAIRE-ÉDITEUR

31, QUAI DES AUGUSTINS, 31

LE VÉRITABLE

LANGAGE DES FLEURS

(C.)

POISSY. — TYP. BOURET.

LE VÉRITABLE

LANGAGE DES FLEURS

PAR

Mme ANAÏS DE NEUVILLE

PRÉCÉDÉ

DE LÉGENDES MYTHOLOGIQUES

ILLUSTRÉ DE BOUQUETS EN COULEUR ET DE VIGNETTES

PAR ALP. GUILLETAT

PARIS

BERNARDIN-BÉCHET, LIBRAIRE-ÉDITEUR

31, QUAI DES AUGUSTINS, 31

1868

AVANT-PROPOS

De tout temps l'Orient fut célèbre pour avoir entouré les fleurs d'une sorte de culte. C'est dans ces riantes contrées bénies du soleil qu'elles furent d'abord personnifiées, et que les poëtes, ces rêveurs sublimes, leur prêtèrent un langage.

Il appartenait, en effet, à l'imagination vive et mystique des Orientaux de trouver de secrets et charmants rapports entre les nuances si délicates et si variées des fleurs et celles de la pensée; en outre, dans les pays où l'art d'écrire, réservé aux seuls *thaleb* (c'est-à-dire savants), n'est point le partage du plus grand nombre, il était naturel qu'on pensât à donner une certaine signification aux objets du monde extérieur afin de remplacer, tant bien que mal, les signes phéniciens. On ne pouvait certes choisir de plus charmants interprètes que les fleurs, et cette gracieuse idée ne dut prendre naissance que dans l'ingénieuse tendresse de deux amants.

Quoiqu'il en soit, ce doux langage une fois créé, reçut le nom de *selam* qui veut dire en arabe *paix* et par extension *salut*, parce que les levantins ont accoutumé de se saluer par ces mots : « *la paix soit avec toi.* »

Dans le principe le *selam* ne fut donc autre chose que le truchement des amoureux, mais de même que les meilleures choses finissent toujours par dégénérer, ainsi s'altéra cette gracieuse invention, qui devint simplement un chiffre pour correspondre secrètement au moyen des fleurs, auxquelles on attacha dès lors des sens tristes ou sévères, et le plus souvent tout à fait étrangers au doux commerce d'amour.

Des fleurs sachez donc le langage;
Apprenez-le : dans l'Orient,
L'amour en fait un doux usage
Et lui doit son plus tendre hommage:
Langage adroit, livre riant,
Qui secrètement nous enflamme,
Et sur ses fragiles feuillets,
Dit en caractères secrets,
La joie et la peine de l'âme.

ORIGINE
DU
LANGAGE DES FLEURS

LA LÉGENDE DU SÉLAM

Au pied des dernières ramifications de l'Anti-Liban dans une vallée délicieuse arrosée par les nombreuses saignées de la Baraddah (1) s'étend, dans un océan de verdure, la ville de Damas, nonchalante sultane, surnommée par *Edrisi* le premier des quatre paradis terrestres.

(1) Le Pharphar de l'Écriture sainte.

Damas, la ville aux riches armures, aux lames étincelantes niellées d'or et d'azur, aux riches bazars, aux mosquées superbes, Damas, la ville musulmane par excellence, qui s'est parée comme pour fêter le Beïram, car c'est aujourd'hui que revient dans ses murs Schourahbil, le valeureux pacha, vainqueur des Druses et des hordes à moitié sauvages de la Palmyrène.

Déjà dans la verdoyante plaine de Saleich paraissent les escadrons poudreux, les lances brillent comme une moisson d'acier, les fanfares éclatent dans les airs, et les transports de la foule enivrée font entendre les louanges du vainqueur : Gloire à Dieu, *Allah akhbar*, Gloire à Dieu vainqueur !

Seuls, Mohammed et Axianie, deux beaux enfants du Liban, n'ont point quitté leur montagne pour descendre à la ville. Assis sous un platane séculaire, et leurs deux mains unies, ils semblent étrangers aux clameurs de la foule. Cependant une joie pure brille dans leurs yeux profonds, mais qu'elle est différente de la bruyante allégresse des Damasquins ! Que leur importe la victoire de Schourahbil ? Ils sont tout entiers à leur amour, car ils s'aiment et vont s'unir. Ce jour est celui de leurs fiançailles, et pour la première fois il leur est permis de se parler librement.

Mais au prix de quelles souffrances ont-ils payé ce doux instant? Que de larmes amères avant celles que la joie fait à présent scintiller à leurs paupières!

Depuis longtemps ils s'aimaient sans oser l'avouer, car le père d'Axianie était riche et l'un des pasteurs les plus opulents à vingt lieues à la ronde, tandis que Mohammed était pauvre et gardait les troupeaux des autres.

L'amour, dans les cœurs innocents, est une flamme trop pure, pour se pouvoir cacher; aussi le père d'Axianie eût-il bientôt pénétré les secrètes agitations de ce cœur encore vierge d'amoureuses impressions. Une légère rougeur, un regard, l'instruisirent autant que les aveux les plus complets, et craignant que Mohammed n'abusât de la passion qu'il avait inspirée, il défendit à la jeune fille de lui parler, et lui enjoignit même d'éviter sa rencontre. De leur côté les parents du jeune pâtre, blessés de ce qu'ils prirent pour une preuve de mépris, exigèrent de leur fils la promesse qu'il ne chercherait plus à parler à la pauvre Axianie.

Voilà donc nos petits amants bien malheureux.

Mohammed, en fils soumis, avait essayé d'étouffer l'amour qui lui remplissait le cœur, il avait voyagé et parcouru presque toute la Syrie et une partie de l'Égypte sans pouvoir oublier sa jeune amie. De guerre lasse, il revint à Damas, et reprit le chemin de sa chère montagne.

Pour Axianie, obligée de rester dans les lieux qui l'avaient vue naître, elle cherchait dans le culte de la nature et l'accomplissement des rustiques travaux, l'oubli et la paix, sentiments qui semblaient à jamais bannis de son cœur.

A peine du soleil voyait-on la lumière,
Qu'elle conduisait dans les champs
Douze blanches brebis et leurs agneaux timides.
Côtoyant avec eux quelques ruisseaux limpides,
Ou, traversant des prés et des sentiers fleuris,
Sur la haie ou l'arbuste ou les herbes nouvelles,
Elle voyait des fleurs différentes et belles :
Les admirer d'abord seul la rendait heureuse ;
Puis elle en cueillit une, et plusieurs... A la fin,
Elle en fit des bouquets que sa main gracieuse
Offrit au voyageur sur le bord du chemin.

Or, il se trouva qu'un jour le voyageur fut Mohammed qui revenait d'Égypte, et dont le cœur tressaillit d'aise à la vue de sa bien-aimée.

L'amour rend ingénieux ; Mohammed avait bien juré à son père de ne point parler à Axianie, mais il n'avait pas promis de refuser ses bouquets et de ne pas lui en offrir en retour.

Au lieu donc de rendre par des mots les sentiments dont leurs cœurs débordaient, les deux enfants les avaient exprimés par des fleurs; et les regards dont ils accompagnaient chacun de ces dons innocents, indiquaient le sens qu'il y fallait attacher.

C'est au moyen de cette ruse naïve que, tout en respectant leurs promesses, ils étaient restés fidèles à leur amour, et avaient pu s'en entretenir, sans autre langage que celui de leurs fraîches interprètes.

Enfin, le père d'Axianie, homme sensible bien que prudent, ayant découvert ce petit manége, fut touché d'une pareille constance chez d'aussi jeunes amants, et donna son consentement à leur union. Deshabitués d'une si douce liberté et le cœur gonflé de joie, les pauvres enfants ne savaient que se dire, et les mots étaient impuissants à exprimer la violence de leurs sentiments.

Que firent-ils? Ils eurent une dernière fois recours au gracieux langage, qu'ils avaient créé sans en avoir conscience, et auquel ils devaient le couronnement de leur amour.

Mohammed entourant de vertes feuilles d'acanthe une touffe de chèvrefeuille, l'offrit à sa jeune amie, avec un doux regard qui semblait lui dire : « Nos liens sont éternels comme mon amour, ô ma bien-aimée! »

Et la douce vierge cueillant à son tour une branche de myrte et quelques iris, les tendit au beau Syrien, comme pour lui dire : « O mon cher fiancé! crois aussi à la sincérité de mon amour.

LEGENDE PREMIÈRE

L'ANÉMONE

Anémone faisait partie de la suite de Flore. C'était une nymphe d'une grande beauté et dont les charmes éclipsaient ceux de ses compagnes, comme le cèdre éclipse la faible hysope. Aussi s'était-elle attiré, sans en avoir conscience, bon nombre de petites haines, qui, pour avoir pris leur source dans un motif futile, n'en étaient pas moins sourdes et tenaces, et les nymphes jalouses épiaient-elles jour et nuit ses moindres démarches.

Elles ne tardèrent pas à remarquer que Zéphyre, le volage époux de Flore, se plaisait à contempler durant des heures entières, les traits enchanteurs de la jeune Anémone, et ne manquèrent point d'en jaser entre elles assez haut pour être entendues de la déesse. Flore, en proie aux affreux tourments de la jalousie, ne sut mieux faire pour les dissiper que de se débarrasser de son innocente rivale en l'envoyant à la cour de Pomone qui se tenait alors en Arcadie.

La jeune nymphe ne put s'empêcher de verser quelques larmes en quittant le pays témoin des jeux de son enfance, ce qui lui fut encore imputé à crime par ses malignes compagnes, bien que le cœur de la pauvre enfant n'eût encore battu que pour d'innocents plaisirs.

Mais il n'en était point de même de Zéphyre, qui ne connut toute la puissance de son amour pour Anémone, que lorsqu'elle eut quitté sa cour. Il n'y avait pas huit jours qu'elle était partie, lorsque l'amoureux époux de Flore, prétextant un voyage au jardin des Hespérides et dans la vallée de Tempé, s'enfuit en toute hâte vers la Grèce, ne pouvant supporter plus longtemps l'absence de celle qu'il adorait.

Comme la plupart des femmes délaissées, Flore était méfiante, et, soupçonnant la trahison de son infidèle, elle emprunta la forme d'une hirondelle et le suivit sans qu'il s'en aperçût.

D'abord Anémone sut assez bien résister aux sollicitations de l'amoureux Zéphyre, mais le Dieu devenant chaque jour plus pressant, la jeune exilée sentit peu à peu son cœur se fondre aux chauds rayons d'un premier amour, et bientôt elle écouta sans déplaisir les doux propos du jeune Dieu. Flore le surprit un jour à ses genoux au moment où la nymphe émue et rougissante n'opposait plus qu'une faible défense à ses transports audacieux, et, remplie de colère, elle apparut aux amants stupéfaits sous sa véritable forme. Elle accabla de reproches son volage époux et pour se venger d'Anémone la changea en la fleur qui porte aujourd'hui ce nom. Malgré cette métamorphose, Zéphyre conserva pour elle les mêmes sentiments, et l'on prétend même que cette fleur ne s'épanouit entièrement que caressée par le vent si doux auquel Zéphyre a donné son nom.

Il ne faut pas confondre l'amante de Zéphyre avec la fleur que fit naître Vénus, des gouttes vermeilles du sang d'Adonis tué par un horrible sanglier

La terre avec douleur boit les flots réunis
Des larmes de Vénus et du sang d'Adonis.

APPLICATION

Lorsque l'on aime véritablement, on n'en donne pas seulement des preuves durant sa vie, mais cette constance se reconnaît encore par delà le tombeau.

EMBLÈME

AMOUR CANDIDE. — DOUX ABANDON.

Quel plus beau don que la beauté,
Mais aussi quel don plus funeste!
On trouve dans l'antiquité
Plus d'un exemple qui l'atteste.

LÉGENDE II

LA TULIPE

La Tulipe est originaire de Turquie et naquit un beau jour de printemps sur les bords de l'Adriatique aux flots d'azur. Voici comme on raconte sa métamorphose.

Dans cette contrée vivait jadis une belle jeune fille appelée Tulipe, dont la mère se nommait Timori et dont le père n'était autre que Protée, ce dieu bizarre et capricieux dont Virgile nous a laissé le poétique portrait dans son immortel épisode d'Aristée.

Comme il arrive souvent que les enfants tirent de leurs parents des qualités ou des défauts, Tulipe avait hérité de l'humeur inconstante de son père, et rien n'égalait la surprenante mobilité de son esprit, passant cent fois dans une heure d'un sujet à un autre, effleurant cent sujets sans en approfondir aucun.

Vertumne, qui parcourait alors l'Orient en semant çà et là sa verte corbeille, aperçut la jeune fille jouant auprès d'une source limpide; il la trouva si belle qu'il en devint subitement épris. Il s'approcha d'elle et commençait à lui débiter un compliment comme les dieux savent les tourner, lorsqu'un papillon vint distraire l'inconstante Tulipe, qui se mit à le poursuivre. Mais elle était si légère que le Dieu de l'automne la perdit bientôt de vue derrière un épais buisson d'églantiers en fleurs.

Un bruyant éclat de rire fit retourner Vertumne; c'était un vieux faune, qui, se balançant au soleil, se réjouissait de sa déconvenue. Cependant, craignant d'irriter le dieu qui préside aux vergers : « Écoute, lui dit-il, si tu veux te faire aimer de ce cœur volage, il faut que tu changes aussi souvent de forme que Tulipe d'idées. »

Vertumne était amoureux, il suivit ce conseil et vingt fois par heure se présentait sous un nouvel aspect. Mais bientôt fatigué de ces transformations qui ne servaient qu'à égayer les satyres, les faunes et les malins habitants des bois, il reprit sa forme habituelle et jura par le styx de se venger de Tulipe, s'il ne parvenait à vaincre ses caprices.

Un jour donc que la jeune fille cueillait des fleurs des champs pour en tresser une couronne, il se mit à courir après elle, tel qu'un chasseur agile poursuivant une gazelle effarée. Tulipe fuyait cependant, légère et rieuse; mais bientôt la fatigue la saisit et sa course se ralentit tandis que celle du Dieu devenait plus acharnée. C'en était fait, déjà Vertumne allait l'atteindre, lorsque, implorant la chaste Diane, la jeune fille levant au ciel ses yeux éplorés, lui confia le soin de sa défense. Aussitôt, au moment où le Dieu étendait la main pour saisir l'innocente proie, elle disparut à ses yeux, et il ne vit plus à sa place qu'une charmante fleur, dont l'heureuse combinaison des nuances, la coupe élégante des pétales et le port gracieux de la hampe, rappelaient les charmes de celle dont elle porte encore le nom.

APPLICATION

C'est ainsi que la chaste déesse protège en un danger extrême celles qui placent en elle leur confiance.

EMBLÈME

DÉCLARATION D'AMOUR. — CHASTETÉ.

Jeunes filles, priez toujours
La vierge des chastes amours
Nuit et jour qu'elle vous protége
Contre l'artifice et le piége.

LÉGENDE III

LE THLASPI

Thlaspi était le fils d'un Satyre et d'une Hamadryade. C'était un joyeux garçon, aimant le plaisir et la gaieté, et de plus excellent organisateur des parties de plaisir. Il était, à la vérité, légèrement enclin à la raillerie, mais il plaisantait avec tant de bonne grâce et d'esprit, qu'il était souvent difficile de se fâcher, et que ceux auxquels s'adressaient ses sarcasmes étaient, la plupart du temps, les premiers à en rire. Aussi, encouragé par le bon succès de ses plaisanteries, le jeune homme continuait-il à poursuivre un chacun des traits acérés de sa malignité.

Un jour pourtant elle lui fut fatale. On célébrait en Béotie la fête du dieu Pan, et, fidèle à ses habitudes de dissipation, Thlaspi ne négligea pas cette occasion de se réjouir. Il partit donc avec quelques compagnons pour un bourg voisin. Là, nos amis se livrèrent à mille divertissements, et, après de copieuses libations en l'honneur du dieu de la fête, de Bacchus, de Silène et de toutes les divinités bachiques, ils songeaient au retour, lorsqu'ils aperçurent à travers le feuillage une troupe de paysans qui dansaient entre eux au son d'un grossier chalumeau. Se jeter au milieu d'eux et contrefaire leurs grotesques contorsions fut pour Thlaspi l'affaire d'un instant. D'autres en auraient ri, mais les paysans ne sont point toujours d'un naturel fort endurant, et, de plus, ceux-là étaient béotiens, c'est-à-dire peu aptes à comprendre la plaisanterie.

Ils entourèrent bientôt le mauvais plaisant, le menaçant avec leurs bâtons noueux. Les amis de Thlaspi, voyant que la partie n'était pas égale, l'abandonnèrent lâchement, et le pauvre enfant demeura seul exposé aux coups d'une grossière multitude.

Sans s'armer alors d'un courage inutile, Thlaspi, se fiant à sa légèreté, prit la fuite à son tour, mais un des paysans, plus avisé que les autres et voyant qu'il gagnait du terrain, lui jeta son qâton dans les jambes et le fit choir le plus malheureusement du monde. Déjà la horde cruelle, armée de pierres et de bâtons, allait se précipiter sur lui, lorsque Flore, apercevant sa détresse, en eut pitié et le changea en une petite fleur, que Pline le naturaliste a nommée *moutarde des paysans* en souvenir de cette aventure.

APPLICATION

La raillerie doit avoir des bornes, si l'on ne veut tôt ou tard en éprouver les dangereuses conséquences.

EMBLÈME

COLÈRE. — MAUVAIS CARACTÈRE.

Gardez que votre bonne humeur
A la pointe jamais ne vise;
Mal prend quelquefois au railleur
De s'adresser à la sottise.

LÉGENDE IV

LA RENONCULE

JADIS vivaient en Asie mineure, non loin des rives du Melès, qui vit naître le divin Homère, deux jeunes gens unis d'une amitié aussi tendre que l'était celle de Pylade et d'Oreste, le malheureux fils d'Agamemnon. L'un s'appelait Pygmalion et l'autre avait nom Renoncule. Plaisirs, chagrins, tout leur était commun, et jamais ils n'avaient passé de jour sans se voir. Ils avaient mêmes goûts, mêmes affections, et il suffisait que l'un d'eux voulût quelque chose pour que l'autre le désirât également.

Mais au moral s'arrêtait leur ressemblance, car tandis que Pygmalion était d'agréable figure, brun et de taille élancée, son ami était blond, débile et de petite taille.

La chasse faisait leurs plaisirs les plus doux, et si l'on rencontrait l'un des deux acharné à la poursuite de quelque innocente proie, on pouvait être certain que l'autre n'était pas loin de là.

Un soir qu'ils s'étaient égarés en poursuivant un cerf agile, ils allèrent frapper à la porte d'une jolie habitation, coquettement posée sur le penchant d'une colline, au milieu d'un bois épais de sycomores. Une ravissante créature vint leur ouvrir, et les conduisit à son père, vieux soldat que trente ans de combats avaient obligé à prendre une honorable retraite.

Cette soirée passée entre ce beau vieillard, dont la mâle figure attestait encore les vertus guerrières, et cette blanche colombe soignant son vieux père comme eût pu le faire la mère la plus tendre de l'enfant le plus chéri, cette soirée, dis-je, se grava profondément dans le cœur des deux amis, qui, à leur insu, devinrent éperdûment épris de la belle Corinne.

On conçoit la douleur du pauvre Renoncule lorsqu'il apprit de son ami que tous deux brûlaient des mêmes feux. Le digne garçon fut héroïque malgré sa souffrance et cacha soigneusement à Pygmalion l'état de son cœur

Celui-ci, ignorant le secret de son ami, demanda au vieillard la main de Corinne, et quelques jours après la conduisit à l'autel des dieux où ils échangèrent leur foi.

Renoncule, se sacrifiant au bonheur de son autre lui-même, refoula son amour dans le fond de son âme, et, indifférent en apparence, chercha dans ses anciens plaisirs un remède à cette fatale passion. Mais le trait était trop profondément entré, pour qu'il pût guérir de la plaie dont saignait son pauvre cœur.

Désespérant de vaincre sa flamme, il s'enfuit en Cilicie, dans un désert affreux, où, vivant de fruits sauvages et buvant l'onde glacée des torrents, il acheva bientôt sa misérable vie. Il venait d'expirer lorsque Pygmalion, qui le cherchait partout, découvrit sa retraite; mais à la place du corps de son ami, il ne trouva qu'une humble fleur, à laquelle, en souvenir de lui, il donna le nom de Renoncule.

APPLICATION

L'amitié est une fleur si rare qu'elle éclot rarement à l'ombre des cités. On n'est point malheureux quand on possède un véritable ami.

EMBLÈME

AMOUR MALHEUREUX OU INDÉCIS.

Si vous connaissez la manière
De captiver l'objet dont vous êtes charmé,
Soyez constant, soyez sincère,
Aimez, et vous serez aimé.

LÉGENDE V

LA FRAXINELLE

FRAXINELLE était l'épouse d'un Troyen nommé Fraxinus, et qui vivait sagement du produit de son patrimoine, dans une charmante métairie qu'il possédait sur les bords célèbres du Simoïs. Son seul plaisir était de s'exercer au maniement des armes, dans lequel il était fort adroit.

Un jour qu'il se livrait à son exercice favori (c'était au temps du siége mémorable qui tint dix années les Grecs devant Troie), Hector, le vaillant fils de Priam, l'aperçut de loin, et admirant en connaisseur son incomparable adresse dans l'escrime, il s'écria : « Que les dieux de la patrie veuillent rendre invincible celui qui saura se servir aussi bien que toi de cette lance redoutable! » Il avait à peine achevé ces mots, que Fraxinus la lui offrait, comme au seul digne d'un semblable présent.

En effet, Hector, qui commandait alors l'armée assiégée, se rendit bientôt si redoutable avec cette arme, qu'il envoyait chaque jour chez Pluton les âmes des plus vaillants Grecs; et que le prudent Ulysse ayant appris d'où lui venait cette lance, résolut d'en punir le pauvre Fraxinus.

Il chargea donc Yolas, son écuyer, et quelques hommes déterminés du soin de sa vengeance. Ceux-ci, à la faveur d'une nuit obscure, réussirent à traverser le camp ennemi et à pénétrer chez l'honnête Troyen qu'ils égorgèrent lâchement pendant son premier sommeil. Le coup perpétré, ils se retirèrent en silence et revinrent annoncer au roi d'Ithaque le succès de leur entreprise.

Cependant, aux premiers feux du jour, Fraxinelle entra chez son époux, et, à la vue de ce corps percé de coups et tout sanglant, elle tomba sans vie et comme inanimée. Vénus, protectrice des Troyens, touchée de son désespoir, la métamorphosa en une fleur qui porte aujourd'hui son nom et changea son mari en frêne, dont le bois sert à faire des lances, son arme favorite.

APPLICATION

Un bienfait ne se perd jamais, et les dieux récompensent les hommes généreux qu'anime l'amour de leur patrie.

EMBLÈME

FLAMME ÉTERNELLE.

Le premier des plaisirs et la plus douce gloire
Consisteront toujours dans les bienfaits:
Qui les reçoit les publie à jamais;
Que quiconque en répand en perde la mémoire!

LÉGENDE VI

LA SCABIEUSE

DANS les Alpes jadis vivait une nymphe, fille d'un centaure et d'une naïade. Phitie était son nom, et les traits de son visage ne répondaient point à la beauté de son âme.

Cette nymphe, d'un caractère assez sauvage, passait son temps à parcourir les montagnes et à cueillir des plantes propres à la guérison des maladies, car elle avait le cœur fort bon. Elle découvrit ainsi un secret merveilleux pour guérir radicalement une maladie funeste, qui déjà vers cette époque était commune en ce pays.

Un jour qu'elle était occupée à laver quelques

simples dans une onde courante et limpide, elle vit venir à elle un jeune berger qui la supplia de le délivrer du mal dont il était atteint. Philic en eut compassion, et, s'approchant de lui, elle lui frotta la poitrine avec un baume dont la vertu curative fut si prompte qu'il guérit immédiatement. Le berger, rempli de reconnaissance, se jeta à ses pieds et la remercia avec ferveur.

Pendant qu'il était à ses genoux, la nymphe, le considérant avec attention, le trouva si beau, si touchant, qu'elle se sentit émue et qu'un mal inconnu la saisit avec autant de rapidité que celui du pâtre en avait mis à s'éloigner. C'était l'amour dont les feux la frappaient pour la première fois. Elle n'osa pourtant s'en ouvrir à celui qui en était l'objet, et celui-ci s'éloigna sans avoir conscience du mal qu'il venait de faire à sa bienfaitrice.

Peu de jours après elle apprit, en passant dans un village, que son berger épousait une jeune fille qu'il aimait depuis longtemps; et la douleur que lui causa cette nouvelle fut si poignante qu'elle ne put la supporter, et mourut quelques heures après. Esculape la changea en une fleur sombre, qu'on nomme *scabieuse*, et dont les feuilles ressemblent à celle de la grande centaurée, en souvenir de son père, ou bien à une houlette de pasteur, en mémoire de celui qu'elle avait aimé.

APPLICATION

La charité trouve toujours sa récompense.

EMBLÈME

ABSENCE. — REGRETS.

Sous le chaume, dans la mansarde,
Gisent de bien vives douleurs ;
Volez-y, le ciel vous regarde.
Qu'il est doux de sécher des pleurs !

LÉGENDE VII

LE PIED D'ALOUETTE

Autrefois vivait en Lusitanie un jeune homme appelé Ornithopus, sur les bords du Tage, à l'endroit où ce beau fleuve mêle ses eaux étincelantes aux flots amers de l'Atlantique.

Sa principale distraction était d'aller s'asseoir sur un rocher, tenant d'une main la ligne flexible et cherchant à surprendre, par un perfide appât, les brillants habitants d'Amphitrite.

Un jour qu'il s'était endormi au milieu de cette paisible occupation, il glissa de son rocher et tomba dans la mer, où il allait périr sans un dauphin secourable qui le prit sur son dos écaillé et le remit sain et sauf à terre.

Ornithopus, plein de reconnaissance pour l'excellent animal, ne manquait plus chaque jour de le saluer de la main lorsqu'il le voyait se livrer à mille jeux avec ses compagnons, à la surface de la plaine liquide.

Or il arriva, à quelque temps de là, que des pêcheurs ayant aperçu le dauphin qui sans défiance s'était approché du jeune homme, se mirent en devoir de le prendre dans leurs filets, joyeux d'avance d'une telle capture. Mais Ornithopus, à la vue du danger que courait son ami, vint à son secours en lui montrant le piége qu'on lui tendait.

Les pêcheurs, furieux du mauvais succès de leur tentative, s'en prirent au pauvre garçon qu'ils poussèrent brutalement dans la mer en lui disant d'aller rejoindre le dauphin qu'il aimait tant.

Par malheur, son sauveur n'était pas là, cette fois, il avait fui les perfides engins, et, victime de sa reconnaissance, Ornithopus trouva la mort dans les flots.

Cependant le dauphin ayant aperçu quelques heures après son pâle cadavre roulé par les vagues, le porta sur le rivage où, à sa prière, Flore le changea en une fleur que les Grecs appelèrent Ornithope, nom que nous avons traduit en français par celui de *Pied-l'Alouette*, qui en est l'équivalent.

APPLICATION

La reconnaissance est une vertu qu'il faut savoir exercer, même à ses propres dépens.

EMBLÈME

BIENFAISANCE. — AMOUR DU PROCHAIN.

Cachez à tous la main qui donne
Le denier, le morceau de pain,
Et partout, où la faim moissonne
Portez l'espoir du lendemain.

LÉGENDE VIII

NARCISSE

NARCISSE était fils de la nymphe Liriope et du fleuve Céphise, dont les eaux limpides arrosent les bois de lauriers roses des plaines de l'Attique. Il était beau comme l'Amour, mais un fatal oracle avait prédit sa mort lorsqu'il apercevrait pour la première fois son image.

Un jour (il avait alors seize ans) qu'il chassait dans les bois d'oliviers dont se couvrent les premières croupes du Pentélique, il fut aperçu par la nymphe Écho, dont la voix indiscrète ne peut que répéter les sons qui frappent son oreille, victime malheureuse de la colère de Junon, la plus vindicative des divinités de l'Olympe.

A peine Narcisse, errant au fond des bois, a-t-il frappé ses regards, qu'elle s'enflamme et suit furtivement la trace de ses pas; plus elle le suit, et plus son cœur s'embrase. Que de fois elle veut l'aborder d'une voix caressante! son destin s'y oppose; mais, du moins, elle s'apprête à recueillir les accents de Narcisse et à lui répondre à son tour; vain espoir : le jeune chasseur méprise son amour et se dérobe par la fuite à ses embrassements. Écho rebutée se retira dans les bois, mais auparavant elle adressa au ciel ce vœu cruel : « Puisse-t-il aimer à son tour, et ne jamais posséder l'objet de sa tendresse! » Vénus allait bientôt l'exaucer.

Près de là, une fontaine limpide roulait ses eaux argentées; jamais les animaux sauvages ne s'y étaient désaltérés, et jamais feuille flétrie tombée des arbres n'avait troublé sa pureté.

C'est là que Narcisse vient reposer ses membres fatigués par la chaleur : charmé de la beauté du site et de la limpidité des eaux, il veut éteindre sa soif dans leur cristal, mais il sent naître dans son cœur une soif plus dévorante encore. Tandis qu'il boit, épris de son image qu'il aperçoit dans l'onde, il prête un corps à l'ombre vaine qui le captive. En extase devant lui-même, il demeure immobile comme une statue de marbre de Paros. Étendu sur la rive, il contemple ses yeux aussi brillants que des astres, sa chevelure digne d'Apollon, son cou d'ivoire, et son teint où la blancheur de la neige se marie au plus vif incarnat. Insensé! c'est à lui-même qu'il adresse des vœux; il est lui-même l'amant et l'objet aimé! Que de vains baisers il donne à cette onde trompeuse! Il ne sait ce qu'il voit, mais ce qu'il voit l'enflamme.

Il ne peut se lasser de considérer son image, et, dans sa douleur, ses larmes, qui s'échappent en abondance, troublent la limpidité de l'eau, et l'image s'efface dans leur cristal agité.

« Où fuis-tu? s'écrie alors Narcisse; oh! demeure, je t'en conjure, ombre cruelle. Ces traits que je ne puis toucher, laisse-moi les contempler. » Dans son égarement, il déchire ses vêtements, de ses bras d'albâtre il meurtrit sa poitrine nue qui se colore, sous ses coups, d'une légère rougeur. Aussitôt que son image a reparu dans l'onde redevenue limpide, il n'en peut soutenir la vue; il languit desséché par un amour étrange, unique dans son objet, et s'éteint lentement, consumé par le feu secret qu'il nourrit dans son âme: il a déjà vu se faner les lis et les roses de son teint; il a perdu ses forces et cet air de jeunesse qui le charmait naguère; ce n'est plus ce Narcisse qu'aima jadis Écho. Témoin de son malheur, la nymphe en eut pitié, bien qu'irritée par de pénibles souvenirs. Chaque fois que l'infortuné Narcisse s'écriait : hélas! la voix d'Écho répétait : hélas! Lorsque de ses mains il frappait sa poitrine, elle faisait entendre un bruit pareil à celui de ses coups.

Les dernières paroles de Narcisse, en jetant un regard dans l'onde perfide, furent : « Hélas! vain objet de ma tendresse! » Les lieux d'alentour répètent ces paroles. Adieu, dit-il; adieu, répondit Écho. Il laisse retomber sa tête languissante sur le gazon fleuri, et la nuit ferme ses yeux encore épris de sa beauté : descendu au ténébreux séjour, il se mirait encore dans les eaux du Styx. Les naïades, ses sœurs, le pleurèrent, et coupèrent leurs cheveux pour les déposer sur la tombe fraternelle; les Dryades le pleurèrent aussi; Écho redit leurs gémissements.

Déjà le bûcher, les torches funèbres, tout était prêt; mais on chercha vainement le corps de Narcisse : on ne trouva plus à sa place qu'une fleur jaune à la blanche corolle exhalant une odeur délicieuse.

APPLICATION

L'homme est créé pour aimer, c'est la loi de nature, et s'il y manque, tôt ou tard les dieux se chargent du soin de le punir.

EMBLÈME

ÉGOISME. — AMOUR DE SOI-MÊME.

Ici fleurit l'infortuné *Narcisse*,
Il a toujours conservé la pâleur
Que sur ses traits répandit la douleur.
Il aime l'ombre à ses ennuis propice,
Mais il craint l'eau qui causa sa douleur.

PARNY.

Épris de l'amour de moi-même,
De berger que j'étais je devins une fleur.
Faites profit de mon malheur,
Vous que le ciel orna d'une beauté suprême;
Et, pour en éviter les coups,
Puisqu'il faut que tout aime, aimez d'autres que vous.

HABERT.

LÉGENDE IX

LA NIELLE

Nielle était fille d'un Gnôme et d'une sylphide nommée Atmis, aussi, en sa qualité de divinité de l'air, errait-elle sans cesse dans cet élément.

Sa sœur Anadimiarse avait hérité des vertus de sa mère, mais Nielle n'eut en partage que la malice inhérente aux esprits aériens.

En quelque endroit qu'elle se transportât, son seul plaisir était de nuire aux pauvres laboureurs, auxquels elle se rendit bientôt si redoutable qu'ils tremblaient à la seule nouvelle de sa présence dans leur pays.

Moissons, vendanges, rien n'était épargné, et la maligne divinité semblait prendre à plaisir de commettre ses dégâts en plein soleil, affectant de rendre l'astre du jour témoin de ses méfaits. Mais ce Dieu indigné de sa méchanceté, la bannit de l'air et l'exila dans l'île de Crète, où, misérable, errante et désolée, elle mourut bientôt du chagrin de ne plus nuire à autrui.

Cependant son père, quelque chagrin qu'elle lui eût causé durant sa vie, ne put voir sans douleur sa triste destinée. Il supplia le Soleil de la changer en fleur, et ce dieu, touché par ses plaintes, exauça sa prière. Toutefois, il voulut que sa métamorphose rappelât la pernicieuse influence de sa vie et que sous le nom de *Nigella*, qui veut dire *noire*, elle fût encore le fléau des moissons.

APPLICATION

Malheur à celui que sa méchanceté rend un objet de crainte pour les misérables ! Tôt ou tard il en est puni et sa perte n'excite aucun regret.

EMBLÈME

MAUVAISE COMPAGNIE.

Tu vois l'amant de Flore, errant dans un parterre,
Auprès de toi passer avec dédain,
Et la beauté jamais, de ta fleur solitaire,
Ne s'est servi pour en parer son sein.

DUBOS.

LEGENDE X

LE PAVOT

Il existait autrefois dans les vertes vallées des Alpes un jeune homme nommé Pavot. Dès l'âge le plus tendre privé de ses parents, le pauvret fut obligé pour vivre de se livrer aux rudes travaux des champs.

Bientôt sa constitution délicate l'obligea de renoncer à ce pénible labeur, et, comme il n'avait aucun moyen d'existence, il alla résider à la ville voisine, où il se mit à exercer la profession de sa mère, qui consistait à vendre du sommeil à ceux qu'affligeaient de fréquentes insomnies.

Mieux que personne il connaissait l'art de rendre aux malades un sommeil, bienfaisant et réparateur; et, comme les citadins sont plus fréquemment atteints que les habitants de la campagne par les maux innombrables qu'engendre l'air vicié des grandes villes, Pavot ne manquait pas de clients. Sa réputation s'étendit bientôt à plus de dix lieues à la ronde et de toutes parts on accourait le consulter.

Naturellement, bon et compatissant aux maux d'autrui, le pauvre garçon ne savait pas refuser ses services, non plus qu'en exiger le prix. Aussi se fatiguait-il beaucoup, sans pour cela s'enrichir.

Un jour son dévouement lui fut fatal. S'étant excessivement fatigué à endormir une femme qui, par un esprit de contradiction naturel à son sexe, s'opiniatrait à veiller, malgré que le repos fût nécessaire à son rétablissement, il tomba gravement malade et mourut peu de temps après. Les dieux touchés de son malheur et désirant perpétuer le souvenir de ses vertus, changèrent Pavot en la fleur qui porte aujourd'hui son nom. De plus, ils voulurent, en souvenir des services qu'il avait rendus à l'humanité, que dans la capsule ovoïde qui naît à la sommité de sa tige, lorsque la fleur est flétrie, il se trouvât une graine dont on put extraire une liqueur somnifère.

Pavot est dérivé d'un mot latin : *papaver*, dont la racine est *papa* qui signifie la *bouillie* dont on nourrit les petits enfants, parce qu'autrefois l'usage était d'y exprimer le suc du pavot, pour leur procurer plus tôt le sommeil nécessaire à ces chères petites créatures.

APPLICATION

La charité mieux que la naissance conduit à l'immortalité.

EMBLÈME

AMOUR DU PROCHAIN. — OUBLI.

La tiede haleine du printemps,
Quand tu viens, réjouit la nature;
Les bois revêtent leur parure,
L'hiver avec ses noirs autans,
Ses blancs frimas et sa froidure,
Fuit sur l'aile des ouragans.

DUBOS.

Recevez ces pavots que le somme a couverts
D'une oubli stygienne : Il est temps que j'oublie
L'amour qui sans profits depuis six mois me lie,
Sans alcuter ma corde ou descloucr mes fers.

RONSARD.

LÉGENDE XI

L'OREILLE D'OURSE

CHIPORUS, époux de la bergère Jémasie et jadis gardien du beau jardin des Hespérides, avait un grand nombre d'enfants, et parmi eux une fille nommée Anthilie.

Anthilie, pour laquelle ces braves gens avaient une préférence marquée et à l'éducation de laquelle ils prodiguèrent tant de soins qu'ils en firent une personne accomplie, possédait, en outre, une charmante figure; elle était bien prise dans sa petite taille, et sa douceur et son enjouement attiraient autour d'elle une foule d'adorateurs.

Elle était fort habile à travailler la soie, et durant tout le jour on la voyait penchée sur son ouvrage, mais, le soir venu, elle abandonnait tout pour contempler cette poussière de diamant répandue dans l'éther par le Créateur, et s'arrêtait surtout avec plaisir sur la brillante constellation que les marins appellent la *grande Ourse*, ou l'étoile polaire.

La petite rêveuse avait tant de prédilection pour cette étincelante divinité, qu'on la voyait parfois lui dresser en cachette de petits autels sur lesquels elle offrait les prémices du jardin de son père.

Un jour, elle eut l'idée d'aller dans un village voisin célébrer les fêtes de Cérès, parce qu'elle avait fait un vœu à la déesse des moissons et désirait l'accomplir. Elle partit par une chaleur accablante et sous les rayons d'un soleil ardent. Insoucieuse et légère, elle courait à perdre haleine pour rejoindre ses compagnes, qui étaient parties avant elle, lorsqu'au moment de les atteindre elle tomba comme foudroyée.

On s'empressa autour d'elle, et les soins les plus tendres lui furent prodigués, mais inutilement, car elle succomba le lendemain, les yeux fixés sur l'astre qu'elle préférait.

Que l'on juge de la douleur des malheureux parents et des nombreux adorateurs de la pauvre Anthilie.

La Grande Ourse, qui n'est autre que la nymphe Calisto, reconnaissante du culte qu'elle lui avait voué, pria Jupiter de la changer en une fleur qui fut, en souvenir d'elle, appelée l'*Oreille d'Ourse.*

APPLICATION

Les dieux n'abandonnent point ceux qui les ont honorés; et, lorsqu'ils sont impuissants à les protéger pendant leur vie, ils leur accordent l'immortalité par quelque gracieuse métamorphose.

EMBLÈME

SÉDUCTION. — INCERTITUDE DE L'AMITIÉ (1).

Du ruisseau dans ma rêverie
J'entends fuir et murmurer l'eau;
Il ne peut quitter la prairie,
Tu ne peux quitter le ruisseau.

La prairie aime le murmure
Du ruisseau qui la suit toujours;
Tu penches sur eux ta verdure
Pour mieux entendre leurs amours.

(1) Selon quelques auteurs, l'oreille d'ourse serait encore le symbole de l'ivresse.

LÉGENDE XII

ARGÉMONE

Argémone était proche parente de Pavot, mais autant ce dernier était pauvre et obscur, autant sa cousine était favorisée des biens de la fortune.

Lorsqu'elle eut atteint seize ans, sa mère, songeant à la pourvoir, l'accompagna dans le monde où ses richesses et sa grande beauté lui attirèrent bientôt une foule d'adorateurs, plus ou moins sincères.

Argémone riait de cet empressement autour de sa personne et n'épargnait guère la raillerie à ses soupirants. Un mot piquant blesse souvent davantage lorsqu'il sort des lèvres d'une jolie femme, et rien n'est plus pénible que les traits acérés d'une mordante critique, en présence de ses rivaux. La jeune étourdie paraissait tenir médiocrement à ses prétendants et distribuait avec une maligne impartialité les mots piquants, les épigrammes et la satire, sachant mieux que personne manier avec grâce l'arme dangereuse du ridicule. Bref, aucun n'avait encore eu l'art de lui plaire, et peu à peu les rangs pressés de ses admirateurs allaient s'éclaircissant.

Un jour que, foulant aux pieds l'herbe parfumée des prairies, elle s'en allait seule le long d'un clair ruisseau, elle fit la rencontre d'un jeune homme nommé Aphorus, dont la grâce et la bonne mine, jointes à une suprême distinction, étaient faites pour charmer une femme, fût-elle aussi difficile à contenter que notre héroïne.

En effet, la belle dédaigneuse se laissa prendre aux charmes du jeune inconnu qui feignit que le hasard fût cause de leur rencontre, bien qu'en réalité il l'eût préparée.

Aphorus était frère d'un des amants malheureux de la jeune railleuse, dont l'esprit avait eu beau jeu de s'exercer sur un jeune homme timide et véritablement épris. Quoiqu'il en fût, le frère d'Aphorus avait été éconduit, et celui-ci s'était promis de le venger.

Tout marcha bientôt au gré de ses désirs. Rompu

au métier de séducteur, il eût bientôt inspiré une violente passion à la pauvre Argémone, inhabile à cacher ses sentiments; et, lorsqu'il se fut assuré de son amour, il lui écrivit une lettre, pour lui apprendre que ses parents s'opposaient à ce qu'il l'épousât, et que, ne pouvant l'oublier, il allait la fuir, pensant trouver dans un prompt trépas un remède à ses maux.

Argémone, trop fière pour laisser éclater sa douleur, s'enfuit de la maison paternelle et parcourut successivement la Grèce, la Sicile et l'Italie, sans parvenir à rencontrer son cher Aphorus, qui tranquillement rentré dans Epidaure, sa patrie, y avait épousé une cousine à laquelle il était fiancé.

Il ne manque jamais de gens qui se font un malin plaisir d'apprendre aux autres une mauvaise nouvelle, et la triste Argémone s'était attiré assez d'inimitiés pour ne compter sur aucune sympathie; aussi, la première chose qu'elle sut en arrivant fut le mariage d'Aphorus.

Le coup était cruel, car elle était véritablement éprise et commençait à comprendre les tourments qu'elle avait fait endurer, par ceux qu'elle ressentait. En outre, les plaisanteries et les quolibets ne lui manquaient point, tant de ses compagnes que des amants rebutés, les unes par jalousie, les autres par un sentiment de vengeance, de représaille personnelle plus blamable que juste.

La pauvre Argémone, tout en affectant l'insensibilité, était rongée de chagrin de se voir ainsi en but aux mauvaises plaisanteries, par un juste retour des choses d'ici-bas. Insensiblement elle dépérit, toujours cachant son mal, si bien que lorsqu'on le découvrit il était trop tard pour y porter remède. Elle appelait la mort de tous ses vœux, et sa prière ne tarda pas à être exaucée.

Les dieux, touchés de la douleur de sa mère, la métamorphosèrent en une fleur qui porte son nom, et que l'on appelle vulgairement *pavot épineux*, à cause des dards dont elle est, pour ainsi dire, cuirassée.

APPLICATION

C'est aux jeunes filles coquettes que s'adresse cette fable; à celles qui rebutent par leurs dédains et leurs caprices les meilleurs partis, et sont tout heureuses et tout aises, au déclin de leur âge, de n'être pas rebutées à leur tour.

EMBLÈME

INDIFFÉRENCE.

C'est à vous que ceci s'adresse,
A vous, dédaigneuses beautés,
Qui, fières de votre richesse,
Dédaignez les époux qui vous sont présentés.
Puis, le jour vient où fort en peine
De réparer le temps perdu,
Ainsi que l'a dit Lafontaine,
Vous épousez un malotru.

LÉGENDE XIII

LE MUFLE DE LION

Priape et la nymphe Phisie avaient un fils du nom d'Anthirrinon. D'un naturel curieux et jaloux de s'instruire, cet enfant n'eût pas plutôt atteint sa quinzième année, qu'il partit pour l'Italie, afin de visiter entièrement cette belle péninsule.

Il se trouvait à Rome à l'époque des fêtes de Flore qui tombent justement vers les calendes de mai, lorsqu'il se prit de querelle avec un jeune homme nommé Iclas.

Ce dernier, profitant de la licence qui règne en ces sortes de fêtes, s'était approché d'une jeune prêtresse pour laquelle il brûlait d'un ardent amour, et au milieu de l'allégresse générale, lui débitait ces tendres propos qu'un violent transport peut seul inspirer.

Anthirrinon, curieux de pénétrer un si doux entretien, s'approcha pour les écouter.

Iclas, outré du sans façon du jeune grec, ne put s'empêcher de lui dire son sentiment, et celui-ci s'obstinant à les épier, il le provoqua.

Malgré sa grande jeunesse Anthirrinon était brave et maniait fort bien les armes; aussi, jaloux peut-être de combattre sous les yeux d'une belle, accepta-t-il sans balancer le défi du Romain.

Mais il était écrit que cette rencontre devait être fatale à notre héros, car au moment où il se penchait en arrière pour lancer son javelot, il reçut dans le cœur celui de son adversaire, et tomba pour ne plus se relever.

Priape désolé du trépas prématuré de son fils, et impuissant à lui rendre la vie, le changea en une fleur, qui fut, à cause de sa forme, nommée *Mufle de Lion.*

APPLICATION

La curiosité est une qualité, lorsqu'elle nous porte à nous instruire et à élargir le cercle de nos connaissances, mais elle devient un défaut très-préjudiciable lorsqu'elle nous conduit à nous immiscer dans les affaires d'autrui. Elle s'appelle alors indiscrétion.

EMBLÈME

(CURIOSITÉ.

Des revers, des chagrins, tout homme est tributaire;
Victimes, à leur tour, de la commune loi,
Ceux même à qui sourit le sort le plus prospère,
Viendront pleurer auprès de toi.

LÉGENDE XIV

LE SOUCI

Dans un vallon de la Sicile, non loin des monts Pelore, vivait autrefois un jeune berger nommé Clymenon, et qui n'était autre que le propre fils d'Eros et d'une Hamadryade.

Dès sa plus tendre enfance, Clymenon manifesta pour le soleil une vive inclination ; il lui tendait ses petits bras, lui souriait et l'appelait comme si ce Dieu l'eût entendu. En grandissant, son adoration pour l'astre du jour ne fit que s'accroître, si bien, qu'on ne pouvait le consoler quand le blond Phœbus disparaissait sous l'horizon, et qu'à l'aube il était le premier à saluer les rayons obliques de l'astre renaissant. Un nuage jaloux venait-il à lui cacher les traits du soleil resplendissant, qu'on voyait aussitôt ses traits s'assombrir et la tristesse peinte sur son visage.

Une fois, de sombres nuées venues de l'Occident voilèrent pendant huit jours la face étincelante du dieu du jour, et lorsqu'il reparut radieux, ce fut pour éclairer les derniers instants de son jeune adorateur, qui, languissant et brisé comme une fleur délicate après un violent orage, expira sur les bords fleuris de la fontaine Aréthuse.

Le soleil, touché de sa triste fin, le changea en la fleur qui porte le nom de souci; et voulut que sa forme radiée et sa couleur d'un jaune éclatant rappelassent la forme sous laquelle il a coutume d'apparaître aux mortels.

Le trépas de Clymenon fut longtemps ignoré et peut-être sa disparition fût-elle restée toujours un mystère, si le berger Atis, en conduisant ses chèvres agiles, n'eût découvert le souci sur les bords de la source où il avait rendu l'âme.

APPLICATION

Les dieux récompensent toujours ceux qui les ont sincèrement aimés.

EMBLÈME

AFFLICTION.

Admis dans nos jardins par grâce ou par caprice,
Ta présence à nos fleurs prête un charme de plus,
Ainsi que, parmi nous, le contraste du vice
Donne plus d'éclat aux vertus.

Lorsqu'à l'envi tes sœurs, par d'aimables images,
Nous retracent partout les Grâces, les plaisirs,
Tu n'offres à l'esprit que de tristes présages,
Ou de pénibles souvenirs.

Veuve de son amant, quand jadis Cythérée
Mêla ses pleurs au sang de son cher Adonis,
Du sang naquit, dit-on, l'Anémone pourprée;
Des pleurs naquirent les Soucis.

DUBOS.

LÉGENDE XV

L'IMMORTELLE

Les Grecs appelèrent l'immortelle Helichryse, mot qui signifie littéralement *soleil d'or*, du nom d'une jeune laconienne renommée jadis pour sa beauté.

Hélichryse était fille d'un devin appelé *Timis* et d'*Aguya*, noble lacédémonienne qui comptait même des Dieux parmi ses ancêtres. Il semblait que la nature eût pris plaisir à former cette jeune vierge, dont les charmes étaient encore éclipsés par les qualités les plus nobles de l'esprit et du cœur.

Mais c'était en vain que le ciel avait rassemblé tant de perfections dans un corps si parfait. Hélichryse se montrait rebelle au désir de ses parents qui désiraient la voir choisir un époux parmi les jeunes guerriers de Sparte. Les secrètes aspirations la portaient vers le culte sacré de Vesta à laquelle elle voulait consacrer sa virginité ; et, lui proposait-on quelque vaillant athlète, elle courait se réfugier aux pied des autels de la chaste déesse.

Un soir qu'elle revenait du temple, où suivant sa coutume, elle avait passé la plus grande partie de sa journée, elle suivait rêveuse le chemin du Taygète, lorsqu'elle fit la rencontre du jeune Amatoutas, un de ses soupirants. Cet amant plus passionné que délicat, ayant appris qu'elle allait se consacrer définitivement au culte de Vesta avait posté sur sa route deux esclaves dévoués, résolu à l'enlever si elle lui résistait, et à obtenir par la violence ce que la persuasion avait été impuissante à lui faire accorder.

Tout alla au gré de ses espérances, et les deux ilotes lui apportèrent dans une villa écartée la jeune fille évanouie; mais son triomphe fut de courte durée, car les soins les plus empressés ne parvinrent point à la raminer, et elle expira en murmurant tout bas le nom sacré de Vesta.

Amatoutas au désespoir de la funèbre issue de cette aventure et pour échapper au juste châtiment qui l'attendait, se précipita d'un rocher.

Un immense concours de peuple accompagna la pauvre Héliclryse à sa dernière demeure, et, quelques jours après, des pâtres errant près de sa tombe, trouvèrent une fleur au pâle feuillage, que l'on supposa née de ce beau corps, et qui fut appelée Immortelle. Vesta s'était montrée reconnaissante.

APPLICATION

La pudeur est une vertu dont le doux parfum se répand encore après le trépas.

EMBLÈME

CONSTANCE ÉTERNELLE.

L'automne a fui : dans nos vallées
L'hiver ramène les frimats;
Déjà les grâces désolées
Ont cessé d'y porter leurs pas.
En nous quittant, Flore te laisse
Pour nous consoler des beaux jours;
Ainsi, quelque fois la Vieillesse
Dérobe une fleur aux amours.

DUBOS.

L'amour est cette fleur si belle
Dont Zéphyre ouvre les boutons;
Mais l'amitié, c'est l'*Immortelle*,
Que l'on cueille en toutes saisons.

A. DUMAS.

LÉGENDE XVI

LA CAMPANULE

CAMPANULE etait fille d'un jardinier des Hespérides appelé Ichodas, et de Chachys, nymphe Oréade (1).

Grâce à la position de ses parents et à sa fidélité naturelle, les Dieux confiants dans la jeune fille, lui donnèrent l'important emploi d'avertir le dragon, gardien des pommes d'or, toutes les fois qu'un mortel téméraire s'approcherait pour cueillir les fruits sacrés.

Jamais fonctions ne furent mieux remplies et du plus

(1) Qui habite les demeures souterraines.

loin qu'elle apercevait un humain, Campanule agitait des clochettes d'argent pour avertir le dragon, qui, redressant sa tête horrible et vomissant le feu par ses narines sanglantes, épouvantait les plus audacieux.

Mais sa vigilance devait être fatale à la jeune nymphe; car un jour qu'un soldat nommé Cleptis se glissait, la croyant endormie, elle se leva et courut à ses clochettes; le misérable, craignant le sort qui l'attendait, s'il était surpris, tira son glaive et perça le sein de la fidèle Campanule. Puis, épouvanté du meurtre qu'il venait de commettre, il s'enfuit sans oser pousser plus loin sa criminelle tentative.

Lorsque l'aurore aux doigts de rose eut tiré les rideaux épais de la nuit, Chiporus, directeur des jardins, faisant, comme il avait accoutumé, son inspection matinale, trouva le corps de la petite nymphe, que Flore, touchée du désespoir de ses parents, changea en une gracieuse fleur, laquelle chaque année annonce l'arrivée de l'été, en secouant au vent ses clochettes d'Améthyste.

APPLICATION

La fidélité est une vertu d'autant plus précieuse qu'elle est plus rare, et ceux qui la possèdent en sont tôt ou tard récompensés.

EMBLÈME

SURVEILLANCE. — ATTACHEMENT.

Si tu vois cette fleur sauvage
Croître et trembler sur un tombeau,
Emporte cette frêle image
D'un être plus aimant que beau.

LÉGENDE XVII

ŒILLET DES POÈTES

Il y avait autrefois à Rome un jeune grec du nom de *Lychnis*, que la mort de ses parents obligea de quitter sa patrie pour venir chercher en Italie le moyen de gagner moins péniblement sa modeste subsistance.

Un jour qu'il allait tout pensif le long de la voie Appienne, réservée, comme on sait aux industries les plus élégantes, il remarqua des femmes occupées à tresser des couronnes de verdure. Les unes, composées d'ache verte, étaient destinées aux courageux guerriers qui prennent une ville d'assaut, d'autres, formées avec la frondaison du chêne, étaient la récompense des athlètes, et d'autres, enfin, faites de laurier, étaient réservées aux favoris d'Apollon, c'est-à-dire aux poëtes.

En rentrant chez lui, Lychnis avait pris un parti. Le lendemain il s'en alla sur la route d'Ostie et se mit à cueillir mille fleurs les plus charmantes, dont il tressa des guirlandes et des couronnes avec tant d'art qu'on eût volontiers juré qu'il n'avait fait autre chose durant toute sa vie. Puis, son ouvrage achevé, il se rendit au Forum et parcourut les rues en criant sa jolie marchandise d'une voix claire et gaie.

Le soir il avait tout vendu. L'heureux Lychnis avait donc trouvé un remède certain contre la misère. Malheureusement, il avait compté sans la malice et la jalousie des femmes. Les bouquetières de la voie Appienne, dont la vente avait diminué, grâce à l'habileté du jeune grec, au lieu de s'appliquer à l'égaler, conçurent le projet de le perdre, et l'une d'elles, nommée Glizra, célèbre alors par sa beauté, le fit tuer par un de ses soupirants, le peintre Sycion.

Les poëtes auxquels il avait tressé tant de couronnes, comme toujours tardivement prodigues de leur encens, chantèrent ses louanges, sur tous les modes et en vers de toutes les mesures.

Mais Apollon, reconnaissant de son zèle à parer ses autels, le changea en une petite fleur couleur de pourpre, à laquelle les poëtes, consultés sur ce sujet, donnèrent à l'unanimité le nom d'*œillet des poëtes*, qu'elle a toujours conservé.

APPLICATION

On ne saurait mieux employer les talents qu'on a reçus en partage, qu'en les consacrant à la glorification des hommes de génie.

EMBLÈME

VÉNÉRATION. — GLOIRE.

Aimable fleur, sous tes heureux auspices,
Je braverai les outrages du temps.
Si les beaux jours nous offrent des prémices,
L'automne aussi, l'automne a ses délices;
Anacréon aimait en cheveux blancs.

LÉGENDE XVIII

L'IRIS

On ne s'accorde point encore sur le lieu où naquit Iris. Les uns lui font voir le jour à Florence, d'autres en Grèce, aucuns la font naître en Dalmatie et quelques-uns même en Angleterre.

Tout ce que l'on sait, c'est qu'elle était fille de Thaumatias et d'Electre, divinités aériennes, et que la jeune fille ne démentait pas sa divine origine ; car elle était aussi belle qu'imposante.

Junon, frappée de la précoce sagesse d'Iris et de ses grâces modestes, la prit auprès d'elle en qualité de suivante et lui confia le soin de porter ses messages.

C'était à la vérité un grand honneur pour la fille de Thaumatias, mais un honneur périlleux, car, belle comme elle était, Iris allait être exposée aux plus dangereuses séductions dans une cour aussi dissolue que celle de Jupiter.

En effet, le maître des Dieux ne tarda pas à distinguer la jolie suivante de son austère épouse et mit tout en œuvre pour triompher de sa vertu; mais, ni les ruses de Mercure, le divin proxénète, ni les promesses du galant Jupiter, ne purent décider Iris à trahir sa maîtresse et sa bienfaitrice; et, grâce à sa prudence et à la noblesse de ses sentiments, elle sut côtoyer l'abîme sans y jamais tomber.

Ce fut alors que Junon lui accorda l'honneur de déployer dans les airs cette brillante écharpe aux sept couleurs, que les mortels appelèrent, de son nom, *l'écharpe d'Iris* ou *l'arc-en-ciel.*

Enfin la déesse au trône d'or, désirant donner à sa jeune amie un dernier témoignage de son affection, voulut que sur la terre il naquît une fleur qui portât son nom, et qui fût comme l'arc céleste revêtue de plusieurs couleurs.

Pour accomplir ce dessein, Junon prit une coupe d'ambroisie sur laquelle par trois fois Iris promena son haleine embaumée, puis, l'ayant inclinée, elle en fit une libation dont quelques gouttes tombèrent sur la terre; et, à l'endroit arrosé par la divine liqueur, il s'éleva des touffes de cette fleur charmante à laquelle on a donné le nom d'Iris.

APPLICATION

Heureuses celles qui, conservant précieusement leur innocence et leur pureté, savent résister aux séductions du vice.

EMBLÈME

CONFIANCE

De l'Iris la corolle humide
S'épanouit aux feux du jour.
Tel s'ouvre aux rayons de l'amour
Le cœur d'une vierge timide.

LÉGENDE XIX

LE MOLY

Moly était un jeune pâtre arcadien à qui la nature avait refusé le bonheur de connaître ses parents, qu'il avait perdus trop jeune pour en avoir conservé le souvenir.

Le malheur est, dit-on, quelquefois une excellente école ; et ce fait se vérifia pour Moly, qui, doué d'une grande intelligence, employa sa solitude à étudier les sciences naturelles, dans lesquelles il ne tarda pas à être profondément versé.

Il posséda bientôt l'art de guérir les maladies du corps, et sa précoce expérience des hommes et des passions auxquelles ils sont sujets, le rendit propre aussi à la guérison des maladies de l'âme, les plus terribles, puisqu'elles agissent en même temps sur notre esprit et sur notre organisation physique.

Un jour qu'il errait dans les montagnes à la recherche d'une herbe précieuse, il rencontra le dieu Mercure qui s'approchant de lui d'un visage souriant, le pria de le suivre, car telle était la volonté de Jupiter.

Moly, tout craintif, suivit le dieu, qui le conduisit à Phénée, ville de la Grèce, alors en proie à une terrible épidémie, et dont Mercure lui ordonna de soigner les habitants, auxquels il apprit ce qu'était le jeune pâtre et quelle était pour eux l'importance de son art.

Bientôt, en effet, il ne fut plus question que des merveilleuses guérisons opérées par le jeune arcadien, et sa demeure était sans cesse assiégée par un grand concours de peuple. Femmes, vieillards, enfants, chacun voulait consulter le savant Moly qui se prodigua avec tant de zèle et de dévouement qu'il ne tarda pas à succomber à la fatigue, car les forces de l'homme sont malheureusement bornées. A la sollicitation du peuple, Mercure changea le jeune arcadien en une fleur à laquelle on a donné son nom.

APPLICATION

On doit, même au prix de sa vie, s'acquitter des devoirs que la charité nous impose, car nous ne sommes heureux en ce monde qu'à la condition de nous porter mutuellement assistance.

EMBLÈME

TALENT IGNORÉ

Une autre fleur mérite des égards:
C'est le Moly, chère au dieu d'Épidaure,
C'est le Moly, cher aux amis des arts;
Fils du printemps, il doit paraître encore,
Lorsque l'automne, occupant l'horizon,
Remplacera la brûlante saison.

LÉGENDE XX

LA JACINTHE

DANS la sauvage Laconie vivait autrefois un jeune homme nommé Hyacinthe, dont la rare beauté était devenue célèbre.

Apollon, l'ayant aperçu dans une des fêtes qu'on célèbre en son honneur, conçut pour lui la plus tendre amitié, e Zéphire, qui le voyait chaque jour gravir en bondissant les cimes neigeuses du Taygète, se prit aussi pour lui d'une affection extraordinaire.

C'était entre les deux divinités un assaut de complaisances pour gagner les bonnes grâces d'Hyacinthe, qui, cédant sans doute à la puissance du dieu qu'on adore à Thymbrée, le préféra à Zéphyre, lequel en éprouva un si vif désappointement qu'il résolut de s'en venger.

Par une belle matinée de printemps, Hyacinthe, en se promenant dans la campagne, fit la rencontre d'Apollon, qui charmé de se trouver avec lui, lui proposa une partie de palet, jeu qu'il savait lui être fort agréable.

Hyacinthe accepte avec empressement, et l'on se met en devoir de commencer la partie. Zéphyre, qui passait auprès de là, sent se réveiller sa jalousie à la vue des deux amis. Il se glisse entre eux, et au moment où Apollon lance avec force son disque vers le but, il dérange d'un souffle la direction du projectile, qui va frapper au front le jeune Hyacinthe. Le malheureux enfant tombe baigné dans son sang et son âme s'enfuit de ce beau corps. Zéphyre s'était esquivé; Apollon, désolé de cet accident dont il s'accuse, et impuissant à rendre à son ami les jours que la Parque a tranchés, le changea en une fleur au parfum délicieux, dont chaque année au printemps se couvrent les bois, et qu'en souvenir du jeune Laconien on appela Hyacinthe ou Jacinthe.

APPLICATION

L'amitié des dieux est quelquefois impuissante à protéger les mortels contre les coups de l'implacable destin.

EMBLÈME

DOULEUR. — AMÉNITÉ.

L'homme, perdant sa chimère,
Se demande avec douleur
Quelle est la plus éphémère
De la vie ou de la fleur,
Et quelle est la plus amère.

X.

LÉGENDE XXI

SAFRAN ET LISERON

Crocus descendait par les femmes du fameux Hercule; doué d'une rare beauté et d'une vaste intelligence, ses parents confièrent son éducation au centaure Chiron, qui plus tard devait élever le vaillant fils de Thétys, Achille aux pieds légers.

Au contraire de ce héros qui ne devait guère profiter que des leçons d'adresse et de courage que lui donna son gouverneur, Crocus, d'un naturel plus doux, s'appliqua surtout à l'étude des simples, et particulièrement de la médecine, dans laquelle le centaure était aussi très-versé. Aussi, il y acquit en peu de temps des connaissances si variées et si étendues, qu'on vantait déjà son talent, et qu'il n'était bruit que des cures merveilleuses qu'il avait opérées.

Bientot, à la sollicitation de plusieurs villes ravagées par des épidémies, il partit pour l'Asie afin de mettre un terme aux maux de ces malheureuses cités, et laissa partout le souvenir reconnaissant de son dévouement et de son inépuisable charité.

Au bout d'un an de fatigues sans nombre, après avoir parcouru le littoral asiatique et une partie de l'Archipel, il se rendit en Grèce pour rétablir sa santé au souffle bienfaisant des vents étésiens, et choisit pour résidence les Thermopyles, où la Grèce élégante se donnait chaque année rendez-vous pour prendre des bains thermaux, célèbres alors dans tout le Péloponèse. Cet endroit n'était point encore fameux par l'héroïque défense de Léonidas, et naturellement n'avait pas été ravagé par les hordes barbares de Xerxès.

A ces bains se trouvait alors la veuve d'un opulent marchand de Corinthe, mère d'une ravissante fille dont la beauté avait fait sensation parmi la population masculine des Thermopyles.

Cette veuve était fort malade, et Crocus lui donna ses soins. Tous les hommes sont sensibles aux charmes de l'innocence; le jeune savant ne put voir Lise, car c'était le nom de la jeune Corinthienne, sans en tomber éperduement amoureux. De son côté, l'enfant, moitié par reconnaissance, moitié frappée aussi des mêmes traits que Crocus, ne put rester insensible à son amour; et, lorsque la veuve revint à la santé, elle s'aperçut avec stupéfaction des rapides progrès que l'amour avait déjà faits dans ces deux jeunes cœurs, aussi naïfs que tendres.

Mais comme elle avait d'autres vues sur sa fille, que depuis longtemps elle destinait à son neveu, établi dans l'Arménie, elle crut détruire cet amour naissant en séparant les deux amants, et quitta brusquement les Thermopyles pour retourner à Corinthe.

On conçoit le chagrin de Crocus et de Lise, qui, ayant accoutumé de se voir chaque jour, ne pouvaient s'habituer à cette cruelle séparation.

Crocus, incapable de se contenir longtemps, partit pour le Péloponèse, afin de faire officiellement la demande de la main de son amie; mais il lui fut sèchement répondu qu'un engagement antérieur liait la jeune fille à son cousin d'Arménie.

Une pareille réponse était peu propre à satisfaire Lise et Crocus, qui s'abandonnaient déjà au plus violent désespoir, lorsque Vénus, touchée d'un amour si parfait, leur envoya l'une de ses colombes pour leur servir de messagère.

La mère, toujours aux aguets, découvrit bientôt la

fourbe amoureuse, et résolut pour y mettre fin d'en punir l'innocente bestiole de Vénus. Elle posta donc un adroit archer pour tuer l'oiseau, au moment où il viendrait déposer une amoureuse missive dans un vase caché par d'épaisses touffes de liseron bleu.

Tout se passa comme elle l'avait prévu, la colombe vint à tire d'aile déposer son doux fardeau et tomba frappée par l'adroit tireur, lorsqu'un cri aigu retentit soudain. On accourt, et derrière les touffes de fleur on découvre Lise étendue sans vie, le cœur percé de la même flèche que l'oiseau de Vénus, dont elle guettait l'arrivée.

La malheureuse mère, désespérée de la mort de son unique enfant, s'accusa, mais en vain, d'être la cause de son trépas ; les dieux ne la lui rendirent pas.

Par une fatale coïncidence, au moment même où Lise expirait, Crocus tombait frappé au cœur par le fer d'un assassin, que l'on supposa avoir été soudoyé par le cousin, arrivé tout exprès d'Arménie pour épouser la jeune fille, et désireux, sans doute, de se débarrasser d'un rival dangereux.

Ainsi finit cette lamentable histoire; Vénus n'oublia point ses jeunes protégés; elle changea Crocus en safran et Lise en liseron bleu, en souvenir de cette plante, cause innocente et témoin de sa mort.

APPLICATION

Heureux ceux qui brûlent l'un pour l'autre d'une pure et constante affection.

EMBLÈME DU SAFRAN

N'ABUSEZ PAS DE LA BONNE FOI.

EMBLÈME DU LISERON BLEU

HUMILITÉ.

Conservez votre air de franchise,
Loin de vous la duplicité;
Méritez d'avoir pour devise:
Dans sa bouche est la vérité.

LÉGENDE XXII

LE FRITILLAIRE

FRITILLAIRE était un pauvre garçon que les mauvais traitements de sa belle mère avaient forcé de fuir la maison paternelle, et qui errait de ville en ville pour vendre de petites corbeilles de jonc qu'il tressait lui-même, seul talent qu'il possédât.

Le hasard voulut qu'un jour il fît la rencontre de Méléagre, auquel il proposa de lui vendre un de ses paniers. Le héros, l'ayant examiné attentivement, lut sur sa physionomie les marques d'une fidélité à toute épreuve. Il lui demanda s'il voulait le servir, et Fritillaire, trop heureux de trouver l'occasion de gagner honorablement sa vie, s'empressa d'accepter cette offre. Il suivit Méléagre, qui le prit en affection et lui confia la garde de poules très-rares qu'il avait fait venir d'Afrique et auxquelles il tenait beaucoup.

Heureux de se voir ainsi à l'abri de la misère, il en remerciait chaque jour les dieux. Il s'occupait avec zèle de la conduite de ses volatiles, et son esprit simple et naïf s'accommodait fort bien de cette douce besogne.

Un jour donc qu'il gardait ses poules, picorant par la campagne, une tempête s'éleva brusquement qui les effraya à un tel point qu'elles se dispersèrent au loin et coururent au hasard pour chercher un abri contre la violence du vent.

Le pauvre garçon, au désespoir de cet accident, ne savait plus à quel Dieu s'adresser pour retrouver ses poules. Il allait, venait, cherchant de tous les côtés ses poules égarées, mais sans aucun succès; car, un malin satyre les avait égarées à dessein. Enfin, accablé de fatigue et de chagrin, il s'assit sur une roche et se prit à pleurer, sans prendre garde à la pluie qui tombait à torrents, ni au froid qui le saisissait. Cette imprudence fut cause qu'il tomba gravement malade et mourut bientôt malgré les soins dont il fut l'objet.

Les dieux, ayant pitié de son malheur, le changèrent en la fleur qu'on nomme Fritillaire.

APPLICATION

Quelque malheureux que nous soyons, n'oublions pas que la providence n'abandonne point ceux qui, confiants en elle, cherchent à vaincre le sort par le travail et la persévérance.

EMBLÈME

SOINS DOMESTIQUES.

Noble et brillante fleur, ornement des parterres,
Elle séduit les yeux par ses vives couleurs;
Le sage en la voyant rêve sur les grandeurs,
Et de plus d'un mortel déplore les misères.

Comtesse de Bradi.

LÉGENDE XXIII

L'ORNITHOGALE

CERTAINS auteurs rapportent qu'*Ornithogalon* était le fils d'un grec appelé *Afros*, et d'une nymphe du nom d'*Ania*.

Ses parents, dont il était l'unique rejeton par suite de la mort de leurs autres enfants, avaient reporté sur lui toute leur tendresse et prenaient de lui un soin extraordinaire, tant ils craignaient que le sort ne leur enlevât cette dernière consolation.

Il n'y avait point de nourriture assez recherchée ni

assez délicate pour lui ; les plus beaux fruits, la chère la plus exquise, lui étaient réservés, et, lorsqu'il se plaignait de la moindre fatigue, ses parents épouvantés s'imaginaient de suite qu'il était bien malade.

Dans leur constante préoccupation pour la santé d'Ornithogalon, on ne songeait nullement à son éducation, et il était entré dans l'adolescence, sans avoir jamais appris la moindre des choses, tant on avait peur de fatiguer sa jeune tête en exerçant sa mémoire.

Il eût été désirable pour le pauvre garçon que ses parents vécussent assez longtemps pour guider ses premiers pas dans le monde, ou tout au moins qu'ils lui laissassent un patrimoine suffisant pour qu'il pût vivre inoccupé. Malheureusement il avait à peine vingt ans lorsqu'il perdit en peu de jours son père et sa mère, qui, ayant fait de grandes dépenses pour lui rendre l'existence plus douce, ne lui laissèrent pas de quoi vivre. Triste exemple de l'inconséquence humaine !

Ornithogalon était trop ignorant et surtout trop paresseux pour se suffire à lui-même. Il eût bientôt dissipé le peu qui lui restait de ses parents; et, forcé de s'imposer de dures privations, il ne put s'accommoder d'un tel état de choses, et il tomba dans une telle langueur, qu'il mourut bientôt, dans la plus affreuse misère.

Apollon, touché de sa triste fin, dont l'inexcusable faiblesse de ses parents était la seule cause, le changea en une fleur à laquelle il donna son nom, et dont la blancheur rappelle le teint délicat d'Ornithogalon.

APPLICATION

La tendresse inconsidérée des parents prépare toujours une fin misérable à ceux qui en sont l'objet.

EMBLÈME

PURETÉ.

L'amour aveugle n'est pas rare
Chez notre pauvre humanité.
Quel triste avenir on prépare,
A l'enfant qu'on a trop gâté !

LÉGENDE XXIV

L'ACHILLÉE

PENTHÉSILÉE, la vaillante reine des Amazones, fut, au dire d'Homère, la plus fidèle alliée de Priam durant le siége de la cité Troyenne.

A la voir, couverte d'une pesante armure, se jeter au plus fort de la mêlée, à voir comme elle maniait sa redoutable épée, nul ne l'aurait prise pour ce qu'elle était réellement.

Depuis le commencement de la guerre, elle avait assisté aux combats les plus périlleux, et grâce à son courage et à son adresse, elle en était revenue sans blessure. Il est vrai qu'elle ne s'était point encore trouvée en présence de l'impétueux Achille, car le fils de Thétys aux bras blancs s'était retiré dans sa tente, à la suite d'une violente altercation avec Agamemnon, chef suprême de l'expédition, qui lui avait enlevé Briséis, sa belle captive. La retraite du héros avait enhardi les Troyens qui poussaient l'insolence jusqu'à venir attaquer les Grecs dans leur camp.

Mais lorsque le fils de Priam, Hector, eût tué son ami Patrocle, les choses changèrent de face, et le roi de Thessalie oublia son juste ressentiment pour venger les mânes de son compagnon d'armes.

La première fois qu'il parut dans les combats, à la flamme qui brillait dans ses regards on comprit que Patrocle allait être vengé. En effet, Achille avait juré d'immoler cent Troyens avant de remettre au fourreau cette puissante épée qu'avait forgée Vulcain. Le soir, il ne manquait plus qu'une victime à cette hécatombe humaine, lorsque Penthésilée parut devant lui. La noble guerrière osa se précipiter au devant de ses coups, et roula bientôt dans la poussière. Achille, voyant son ennemi abattu, s'approche et dénoue son casque ; une forêt de cheveux blonds s'en échappent et il reconnaît les traits charmants de la courageuse reine. Saisi de regrets à la vue de cette tendre fleur si cruellement moissonnée, il s'éloigne du combat ; mais non sans avoir prié le maître des dieux de la métamorphoser en fleur.

Jupiter exauça ce vœu et la changea en une fleur qu'on nomme Achillée, et qu'employait l'ancienne thérapeutique pour la guérison des blessures.

APPLICATION

La précipitation dans tous les actes de la vie est toujours suivie des plus amers regrets.

EMBLÈME

DÉVOUEMENT. — MÉRITE CACHÉ.

Elle mourut dans le mystère
Où le sort voulut la cacher;
Car c'est rarement sur la terre
Le mérite qu'on va chercher,
Et c'est la beauté qu'on préfère.

An. de MONTESQUIOU.

LÉGENDE XXV

LE LYCHEN

Lychen était fille du savant *Esculape* et de la nymphe *Achésis*, célèbre par son habileté à soulager les infirmités.

Élevée par ses parents dans la crainte des dieux et l'amour du prochain, Lychen menait une vie chaste et retirée, et ses principales occupations étaient de rechercher dans la campagne des plantes propres au soulagement des malades, ou bien de confectionner des ornements pour le temple d'Apollon.

De nombreux prétendants, attirés par sa beauté et sa réputation de sagesse, se présentèrent pour obtenir sa main, mais Lychen les éconduisit tous, car elle était décidée à ne jamais enchaîner sa liberté.

Esculape, cependant, qui voulait la pourvoir, intervint et la fit consentir à épouser un de ses parents. Mais ce ne fut pas sans un violent effort qu'elle consentit à cette union, et le seul désir d'obéir à son père fit changer son immuable résolution.

Tout s'apprêtait donc pour l'accomplissement du mariage, et l'on était à la veille de sa célébration, lorsque la jeune fille mourut subitement du chagrin d'être obligée de quitter la maison paternelle.

Esculape et Achésis, au désespoir d'avoir involontairement causé la mort de leur fille, supplièrent les dieux d'avoir pitié de son triste sort; et ceux-ci, touchés de leurs plaintes, la changèrent en la fleur que l'on nomme *Hépatique*, d'un mot grec qui signifie le *foie*, parce que cette plante est douée de propriétés merveilleuses pour la guérison des maladies de cet organe.

APPLICATION

L'obéissance aux vœux de nos parents, dût-elle être cause de notre mort, ne peut rester sans récompense.

EMBLÈME

CONFIANCE. — DÉFENSE.

Qu'on trouve de la politesse
Dans ton maintien, dans tes discours;
Sois complaisant, mais sans bassesse,
Affable, honnête, et sans détours.

LÉGENDE XXVI

DIGITALE

JUNON, lasse un jour d'aspirer l'encens des mortels et s'ennuyant, puisqu'il faut l'avouer, sous les lambris dorés de l'Olympe, s'avisa d'occuper ses divines mains à faire une merveilleuse broderie, et prit un dé formé d'un énorme rubis, afin de ne se point piquer.

Je ne sais par quelle aventure la déesse, soit en badinant avec Jupiter, soit dans un accès de folle gaieté, aux plaisants récits que lui faisait Momus, laissa choir ce dé sur la terre.

Voilà donc Junon fort chagrine de la perte de ce bijou, et la journée se passa en plaintes, en lamentations et en reproches de la part de l'épouse de Jupiter.

Ce dieu, impatienté des doléances de l'irascible déesse, et voyant qu'elle s'en prenait à tout le monde de ce léger accident, lui promit de le changer en fleur; ce qu'il fit aussitôt, voulant que cette fleur, à son épanouissement, représentât la forme d'un dé. C'est pourquoi elle fut appelée *Digitale*.

APPLICATION

S'il faut peu de chose pour irriter une femme, un rien suffit pour l'apaiser; le tout est de savoir s'y prendre.

EMBLÈME

TRAVAIL. — ESPOIR DE RETOUR.

On a bien souvent écrit :
La femme est d'humeur changeante!
J'en trouve dans ce récit
Une preuve bien frappante.

LÉGENDE XXVII

LE BLEUET

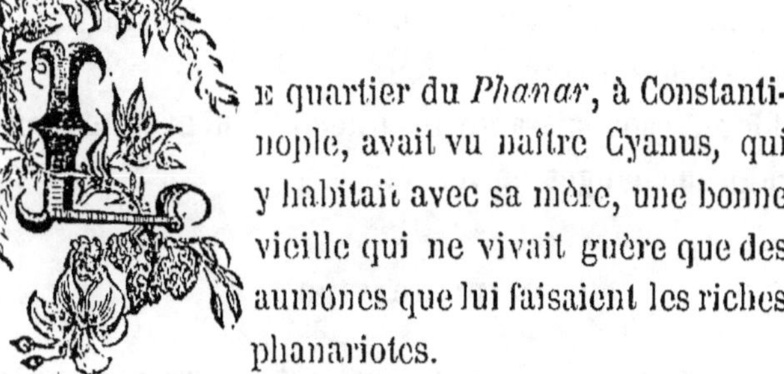

E quartier du *Phanar*, à Constantinople, avait vu naître Cyanus, qui y habitait avec sa mère, une bonne vieille qui ne vivait guère que des aumônes que lui faisaient les riches phanariotes.

Bien que dans l'indigence, elle ne laissa pas de donner à son fils une certaine éducation, et, aussitôt qu'il sut lire, son principal plaisir fut de chanter des hymnes à la louange des dieux qui favorisent les moissons.

Il s'amusait aussi à tresser des couronnes de ces jolies fleurs des champs, qui naissent au milieu des blés et des seigles, et avait une préférence tellement marquée pour le bleuet, qu'il ne voulait jamais porter que des vêtements de cette couleur; et, comme il avait pour Flore une vénération particulière, il parait toujours ses autels de guirlandes composées avec cette fleur. Puis, simple de cœur, il remerciait les dieux de son humble condition puisqu'ils lui avaient donné une âme capable de comprendre et d'admirer les merveilles de la nature.

Par malheur, l'homme ne vit pas seulement de contemplations, et Cyanus, s'étant un jour attardé dans les champs, sans avoir rien pris de la journée, tomba d'inatition et périt dans un champ de blé, au milieu de ses fleurs de prédilection.

Flore, reconnaissante du culte qu'il lui avait toujours rendu, le changea en bleuet.

APPLICATION

La pauvreté, loin d'être un vice, est une vertu quand on sait la supporter avec courage.

EMBLÈME

DÉLICATESSE. — MÉLANCOLIE.

Le villageois, le laboureur,
Y voit le sort de sa journée,

Le temps, le calme, la fraîcheur,
Les biens et les maux de l'année.

A. Martin.

Cérès la blonde enfanta les bleuets
Qui, retombant sur la voûte éthérée,
Empruntent d'elle une teinte azurée;
Elle en sema les verdoyants guérets.

A. de Beaucaron.

LÉGENDE XXVIII

MUSCIPULA OU ATTRAPE-MOUCHE

La sage Minerve faisait, dit-on, jadis ses délices d'un passereau, dont la gentillesse délassait parfois son esprit des fatigues que lui causait sa trop grande application aux sciences.

Cet oiseau avait pour habitation une cage artistement travaillée en filigranes d'or, présent de l'adroit Vulcain, et était commis aux soins d'un esclave nommé Ornithocomos, qui, connaissant les goûts du petit favori, ne le nourrissait que de mouches et de fromage.

Le jeune homme passait sa journée à courir après

ces insectes, et il n'y avait pas de piéges qu'il ne mît en usage, point de secrets qu'il n'inventât pour en attraper la pitance quotidienne du passereau.

Étant donc un jour monté sur un arbre qu'il voulait enduire entièrement de miel, il se suspendit à une branche trop faible qui se rompit sous son effort, et il tomba si malheureusement qu'il se tua dans sa chute.

Minerve fut désolée de cet accident; ne pouvant rendre à la vie le pauvre enfant, et désireuse de récompenser son dévouement, elle le changea en une fleur, à laquelle elle donna le nom de *Muscipula* qui veut dire *attrape-mouche*, en souvenir de l'accident qui lui avait coûté la vie.

APPLICATION

C'est un devoir de reconnaître le zèle d'un serviteur, et ce devoir est sacré, s'il arrive que son dévouement lui soit préjudiciable.

EMBLÈME

ZÈLE. — DÉVOUEMENT.

Tout germe naissant et vivace
Sous son limbe porte sa grâce,
Comme l'eau paisible a son bruit.
Bien des saveurs, bien des arômes
Se cachent à l'abri des chaumes;
Tout humble pistil a son fruit.

DELILLE.

LÉGENDE XXIX

LE COQUELICOT

ORPHELIN, dénué de toute instruction, et n'ayant d'autre moyen de gagner sa misérable vie qu'en contrefaisant le chant du coq, vivait autrefois à Athènes un pauvre garçon appelé Mycos.

Un jour qu'on célébrait les fêtes de Pallas, le pauvre diable se rendit au Parthénon, et, pendant toute la durée de la fête, se livra à son exercice habituel. Or, comme il était d'une figure très-agréable, il fut remarqué par une nymphe du fleuve Céphise qui en devint éprise et l'épousa quelques jours après.

Voilà donc le pauvre Mycos à l'abri du besoin.

Aussi son bonheur eût-il été parfait, si la parque cruelle n'avait tranché le fil de ses jours au moment où il commençait à en goûter les douceurs. Sa compagne, au désespoir de sa mort prématurée, pria les dieux de le métamorphoser; et Jupiter le changea en une fleur rouge, semblable au pavot, qui, par onomatopée, reçut le nom de *Coquelicot* en souvenir du cri de l'animal qu'il avait si souvent imité.

APPLICATION

Tous les métiers sont honorables, pourvu qu'on les exerce avec courage et probité.

EMBLÈME

RECONNAISSANCE. — CONSOLATION.

S'il est un sort désirable,
C'est de pouvoir enflammer
Nymphe tendre, douce, affable,
Qui, toujours sache être aimable,
Et qui toujours sache aimer.

DUBOS.

LÉGENDE XXX

LA GIROFLÉE

C'ÉTAIT jadis un usage dans Rome de tresser des couronnes pour les vainqueurs des jeux du cirque, et des guirlandes pour en orner les autels des dieux les jours de sacrifice. Leucoïs et sa sœur excellaient dans cet art.

Au reste, les deux jeunes filles étaient d'humeur fort différente; autant l'une était douce et retenue, autant l'autre affectionnait les violents exercices qui sont l'attribut d'un autre sexe, et souvent on la voyait escalader des murs dégradés, des édifices en ruine.

Leucoïs et sa sœur, malgré la diversité de leurs

caractères, avaient beaucoup d'adorateurs, qu'attiraient leur bonne grâce et leur beauté.

L'aînée était surtout recherchée d'un jeune homme que l'on prétendait être fils du dieu Priape, et la cadette était aimée d'un certain Tycus, aux feux duquel elle n'était pas insensible.

Un jour que l'on célébrait les fêtes de Cerès, les deux sœurs se rendirent au temple de la déesse, suivies du cortège habituel de leurs soupirants. Mais ceux-ci, rebutés tout d'abord en faveur des deux Grecs, résolurent de se venger de leurs heureux rivaux.

Leucoïs, prévoyant quelque scène fâcheuse entre les amoureux concurrents, chercha à se dégager de la foule avec sa sœur et fit signe aux deux jeunes gens de les suivre, mais à peine furent-elles arrivées dans un bocage voisin, qu'elles entendirent tout à coup le bruit d'une violente querelle entre les rivaux. Elles sortirent pour se jeter entre les combattants, mais elles n'arrivèrent que pour voir expirer leurs amants, tous deux mortellement atteints par les javelots de leurs cruels concurrents.

A ce triste spectacle, elles tombèrent inanimées, les lys de leur teint se changèrent en soucis, et leurs âmes désolées allèrent rejoindre celles de leurs malheureux amants.

Priape, inconsolable du triste accident dont son fils était victime, les changea tous les quatre en cette fleur qu'on appelle *Giroflée jaune,* parce que, ainsi qu'avait accoutumé la jeune bouquetière, on la voit grimper et s'établir sur les murs des vieux édifices.

APPLICATION

Mourir pour ce qu'on aime est le plus beau trépas, les dieux ne le laissent jamais sans récompense.

EMBLÈME

SYMPATHIE. — FIDÉLITÉ AU MALHEUR.

En respirant la vie et le dernier soupir
Du mortel chéri qui nous aime,
Qu'il est cruel de ne pouvoir mourir,
Et de se survivre soi-même !

DEMOUSTIER.

LÉGENDE XXXI

LE LAURIER

Le fils de Latone, dépouillé de ses grandeurs, fut réduit à garder les troupeaux d'Admète. Ce fut dans cette douce et paisible condition qu'il aperçut pour la première fois Daphné.

Il vit Daphné, bientôt il inventa la lyre
Pour chanter ses amours. Mais quand on sait aimer,
C'est encor peu, pour l'exprimer,
De le soupirer, de le dire,
De le chanter et de l'écrire.

Daphné dédaigna les soupirs et les chants d'Apollon. Les uns disent que ce fut par excès de vertu ; d'autres soutiennent qu'elle aimait en secret le berger Leucippe.

Apollon, au lieu de renoncer à ses prétentions, poursuivit la nymphe pendant une année entière dans les campagnes de l'Attique. Quelquefois, pour ralentir sa course, il lui disait :

— Cruelle, arrêtez-vous, de grâce!
Je suis le régent du Parnasse,
Le fils bien aimé de Jupin;
Je suis poëte, médecin,
Je suis chimiste, botaniste,
Je suis peintre, musicien,
Exécutant et symphoniste;
Je suis danseur, grammairien,
Astrologue, physicien,
Je suis... » Pour fléchir une belle,
Au lieu de lui parler de soi,
Il est plus adroit, selon moi,
Et plus doux de lui parler d'elle.

DEMOUSTIER.

Apollon ne devait pas ignorer cette tournure oratoire, puisqu'il était le dieu des orateurs. Mais, hélas!

Un pauvre amant dit ce qu'il pense
Sans trop penser à ce qu'il dit;
Le désordre est son éloquence;
Quand le cœur parle, adieu l'esprit.

Aussi Daphné fut-elle inexorable. Mais enfin, épuisée de lassitude, et se voyant près de succomber, elle implora le secours des dieux, qui la changèrent en Laurier (qui se dit en grec Daphné).

Apollon détacha de cet arbre une branche dont il fit sa couronne et l'emblème du génie.

APPLICATION

Le génie rend l'homme semblable aux dieux.

EMBLÈME

GLOIRE. — TRIOMPHE.

Aux murs du Capitole, à ces brillantes fêtes
Où Rome étalera ses nombreuses conquêtes,
Tu seras des vainqueurs l'ornement et le prix;
Tes rameaux, respectés des foudres ennemis,
Du palais des Césars protégeront l'entrée;
Et comme de ton front la jeunesse sacrée
N'éprouvera jamais les injures du temps,
Que ta feuille conserve un éternel printemps!

Métamorphoses d'Ovide.

LÉGENDE XXXII

ET DERNIÈRE

LA ROSE

Au moment paisible où Vesper attelait le char de la Nuit, le char du Soleil s'arrêta sur l'horizon. Il était environné de nuages d'or et de pourpre,

> Qui formaient dans le ciel un chaos radieux.

Les astronomes Chaldéens prirent ce phénomène insolite pour un météore, et passèrent la nuit à l'admirer. Mais les mortels ignorent les secrets des dieux. Le phénomène était un voile brillant, sous lequel le Dieu du jour attendait Vénus, la reine de beauté. Elle arrivait au rendez-vous, portée sur l'étoile à laquelle on a donné son nom. Les amants descendirent dans une île de la mer de Syrie, couverte de bosquets et de collines dans lesquels ils ne tardèrent pas à s'égarer.

Apollon, pour assurer la marche de Vénus, la soutenait doucement dans ses bras et la lune éclairait de ses pâles rayons cette première entrevue.

Hélas, soupirait Vénus, que cette nuit est belle! Votre règne ne vaut pas celui de votre sœur. Pourquoi ferme-t-on les yeux quand il est si doux de veiller! Je ne sais quelle douce amertume je goûte à soupirer près de vous. Je ne connaissais pas le prix des larmes, et j'ignorais encore qu'il y eût une tristesse préférable à tous les plaisirs.

On sait trop bien ce qu'Apollon dût répondre, et cette nuit, trop courte à leur gré, fut une heureuse alternative de doux propos et de silences plus doux encore.

Dans ces moments délicieux,
Cupidon lui-même balance
Pour décider lequel vaut mieux,
Ou du parler ou du silence.

Phœbé eut en peu d'heures achevé sa carrière, et les amants, heureux de n'avoir point été surpris, se quittèrent en se promettant un prochain rendez-vous.

Mais Flore, jalouse de l'infidèle épouse de Vulcain, décela sa faiblesse en faisant pousser des touffes d'une fleur admirable dans tous les endroits où s'était reposée la déesse, et dont le parfum si doux trahit, en montant jusqu'à l'Olympe, la faute de Vénus.

On nomma cette fleur du nom même de l'île où s'étaient rencontrées les deux divinités, laquelle s'appelait Rhodes, d'un mot grec qui signifie encore rose (1).

APPLICATION

Toujours par quelque endroit se trahit l'infidélité.

EMBLÈME

BEAUTÉ. — FRAICHEUR.

Aimable rose! au lever de l'aurore,
Un essaim de zéphyrs badine autour de toi;
Chacun d'eux jure qu'il t'adore,
Chacun d'eux te promet une éternelle foi.

Mais le soleil, en se couchant dans l'onde,
Voit à leurs tendres soins succéder le mépris;
La troupe ingrate et vagabonde
Déserte sans scrupule avec ton coloris.

---

(1) *Rhodon*, rose.

LA ROSE

IDYLLE

Toi que l'amante de Céphale
A fait éclore de ses pleurs,
Et qui, dans l'empire des Fleurs,
Règnes sans avoir de rivale;

Toi près de qui la Volupté
Captive le zéphir volage,
Jeune Rose, reçois l'hommage,
Que l'Amour doit à la beauté.

Quelle fraîcheur céleste et pure
Embellit ton brillant réveil,
Lorsque ton calice vermeil
S'ouvre et sourit à la nature!

Hier encor, tendre bouton,
Semblable à la vierge craintive
Qu'observe une mère attentive,
Tu n'osais rompre ta prison!

Aujourd'hui, telle qu'une reine,
Belle d'orgueil et de couleurs,
Tu parais... le peuple des fleurs
A reconnu sa souveraine.

Anacréon, le prince des poëtes érotiques, a célébré la fleur des amours, et raconte ainsi sa naissance. Nous ne pouvons passer sous silence cette belle variante à notre légende.

Des fleurs je chante la plus belle,
La rose, trésor du printemps;

Thaïs, à ma chanson nouvelle
Viens mêler tes aimables chants.
Des humains la foule charmée
Admire ce don précieux,
Et la pure haleine des dieux
De ses parfums est embaumée.
Dans la saison chère aux amours,
Des grâces la troupe riante,
Pour en composer ses atours,
Va cueillir la rose naissante.
Vénus, empruntant ses couleurs,
En parait encore plus charmante;
La rose est chère aux doctes sœurs,
Et le poëte heureux la chante.
Dans le buisson, pour la saisir,
La main glisse et brave l'épine;
Qu'il est doux alors de cueillir
De l'amour la fleur purpurine,
Et dans un ravissant loisir
D'en savourer l'odeur divine!
Des festins la rose est l'honneur;
Et dans ces jours où le buveur
Livre à Bacchus son âme entière,
Pour lui moins douce est la lumière
Que ne l'est cette aimable fleur.
La rose orne encor le bocage,
Et jusqu'à son dernier moment
A les parfums de son jeune âge.
Me faut-il raconter comment
La terre fit ce bel ouvrage?
Alors que glissant sur les flots,
Sortit du sein de l'onde émue
La belle reine de Paphos,
Cypris, rougissant d'être nue;
Quand, du cerveau du roi des cieux,
Terrible et respirant la guerre,
S'élança la déesse altière
Dont l'aspect fit trembler les dieux;
Cybèle à ce double prodige

N'opposa pour charmer les yeux,
Qu'un bouton et sa jeune tige.
L'Olympe en la voyant sourit,
Et sur la plante répandit
Du nectar la douce rosée;
Des parfums du ciel arrosée,
La fleur vermeille s'entr'ouvrit;
Soudain, fraîche et majestueuse,
Parut sur la branche épineuse
La rose que Bachus chérit.

ANACRÉON (*traduction de* M. de ST-VICTOR).

BOUSSOLE DES CHAMPS

De tous temps on a remarqué que dans la tige des arbres l'aubier et le bois parfait n'ont point la même épaisseur dans toute leur circonférence, et que la partie la plus mince est toujours celle qui regarde le nord ; en conséquence, le côté le plus épais est celui qui indique le midi. Aussi, serait-on égaré dans la plus épaisse forêt, qu'il ne suffirait pour s'orienter que de couper la tige d'un jeune arbre et d'en faire une minutieuse inspection. La mousse qui croît sur le tronc des arbres donne le même renseignement. En effet, sur les jeunes arbres elle ne pousse que du côté du nord, et sur les plus vieux, c'est de ce côté qu'elle est plus épaisse.

HORLOGE DE FLORE

CHEZ les anciens, on connaissait l'heure par l'ouverture des fleurs et de leurs corolles. C'est d'eux que nous vient cette singulière division de la journée :

APRÈS MIDI

ATTRIBUTS DES HEURES.

1 heure. — Le pourpier.
2 heures. — Une autre espèce, un bouquet de roses épanouies ou d'héliotropes.
3 heures. — La pulmonaire, roses blanches.
4 heures. — La belle de jour, hyacinthe.
5 heures. — Le nénuphar blanc feuilles de grenadier.
6 heures. — Géranium triste, bouquet d'automne.
7 heures. — Belle de nuit, bouquet de réséda.
8 heures. — Le siline nocti-flora, plusieurs oranges.
9 heures. — Le cactus, branches ou feuilles d'olivier.
10 heures. — Quelques branches de lilas.
11 heures. — Un bouquet de soucis.
12 heures. — Un bouquet de pensées et violettes.

AVANT MIDI

S'ouvrant à :		Plantes et fleurs.
3 heures.	—	Le salsifis des prés et la barbe de bouc.
4 heures.	—	La crépite des bois et la chicorée sauvage.
5 heures.	—	Le liseron et le pissenlit.
6 heures.	—	Le laitron des marais et la scorsonère des murs.
7 heures.	—	La laitue et le souci d'Afrique.
8 heures.	—	Le mouron rouge et l'œillet prolifère.
9 heures.	—	La manne et le souci des champs.
10 heures.	—	La ficoïde barbue et la pourpre des jardins.
11 heures.	—	La sublime pourpre et ficoïde glaciale.
12 heures.	—	En général, toutes les autres ficoïdes.

SYMBOLISME DES COULEURS

Les yeux perçoivent plus de couleurs que la parole n'en peut exprimer; et, comme on en connaît déjà plus de huit cents, on conçoit que nous ne parlions que des principales.

Il y a trois couleurs capitales et primitives : le rouge, le jaune et le bleu; le blanc est la lumière, le noir l'absence de la lumière. Toutes les autres couleurs sont dites artificielles et sortent du mélange des premières. L'arc-en-ciel nous offre le rouge, l'orange, le jaune, le vert, le bleu, l'indigo et le violet.

BLANC : *Bonne foi, candeur, pureté, innocence, signe de joie.*

BLEU : *Pureté de sentiments, sagesse, piété, élévation d'âme.* C'est la couleur du ciel.

JAUNE : *Gloire*, chez les anciens; *infidélité*, chez les modernes.

Noir : *Tristesse, deuil, mort.* C'est la couleur des ornements funèbres.

Or : *Richesse, luxe, beau maintien.*

Orange : *Amour de la gloire, inconstance.* Il est composé du rouge et du jaune.

Pourpre : *Puissance suprême.* Les Empereurs romains portaient un manteau pourpre.

Rose : *Jeunesse, amour, beauté, tendresse.* C'est la couleur la plus tendre et la plus gaie.

Rouge : *Pudeur, amour, ardeur.* C'est la couleur des martyrs au cœur brûlant.

Rouge écarlate : *Prudence.*

Vert : *Espérance.* C'est la couleur du Printemps. Vert-gazon, arbres verdoyants.

Violet : *Courtoisie, galanterie.*

Brun-foncé : *Douleur profonde.*

Gris : *Douleur tempérée, mélancolie.*

Lilas : *Amour pur.*

Blanc et Noir : *Persévérance dans la vertu.*

Jaune et Vert : *Méchanceté, ruse.*

Rouge et Violet : *Trouble et confusion.*

Violet, Vert et Jaune : *Succès.*

La couleur rouge donne la vie à toutes les nuances; le blanc leur donne la gaieté; le noir leur donne la tristesse.

SAISONS

PRINTEMPS........................... *Vert.*

ÉTÉ.................................. *Rouge.*

AUTOMNE............................. *Bleu.*

HIVER................................ *Noir.*

SEMAINE DE FLORE

Lundi	Baguenaudier.
Mardi	Boule de neige.
Mercredi	Epine vinette.
Jeudi	Lilas.
Vendredi	Cyprès.
Samedi	Jonquille.
Dimanche	Giroflée.

ANNÉE DE FLORE

Janvier	Ellébore.
Février	Daphné.
Mars	Soldanelle.
Avril	Tulipe.
Mai	Spirée filipendule.
Juin	Pavot.
Juillet	Petite centaurée.
Aout	Scabieuse.
Septembre	Cyclame.
Octobre	Millepertuis chinois.
Novembre	Ximénésie.
Décembre	Lopésie.

DICTIONNAIRE

HISTORIQUE ET SYMBOLIQUE

DES PLANTES ET DES FLEURS

ÉTYMOLOGIE

SYMBOLE, DESCRIPTION

ET PROPRIÉTÉS DES FLEURS

ABSINTHE : en italien, *affenza*, en espagnol, *ajenjo* et en allemand *wermuth*. Plante vivace et ligneuse. Il y a plusieurs sortes d'absinthe, que les naturalistes confondent quelquefois. L'absinthe commune a la tige remplie de branches, dont les feuilles sont blanchâtres et découpées, ses fleurs sont petites et jaunes; il en naît une grande quantité de petits fruits ronds. La culture de cette plante est facile. Son double symbole est : *Amertume* et *absence*.

ABSINTHE PONTIQUE : (*Absinthium ponticum* ou *Transifolium*) plus amère que l'absinthe commune et fort astringente. Même symbole.

ABSINTHE : (*petite marine*), symbole : *Voyage lointain*.

Acacia : Arbre épineux originaire de l'Amérique Septentrionale : *Inquiétude, amour platonique.*

Acanthe : *Culte des arts.*

Achillée : Vulgairement connue sous le nom d'*herbe au charpentier* ou *aux mille feuilles* : *Guerre, querelle.*

Aconit ou casque : surnommé *Napel* ou *Tue-loup*, rangé dans la catégorie des plantes vénéneuses. Cette plante a un grand nombre de tiges aux larges feuilles portées sur un long pédoncule ; les fleurs sont petites, jaunes ou panachées : *Remords.*

Adonide : Fleur ainsi nommée d'Adonis, amant de Vénus : *Pénible souvenir.*

> Je n'ai jamais chanté que l'ombrage des bois,
> Flore, Écho, les Zéphyrs et leurs molles haleines,
> Le vert tapis des prés et l'argent des fontaines.
> C'est parmi les forêts qu'a vécu mon héros ;
> C'est dans les bois qu'Amour a troublé son repos.
> Ma Muse en sa faveur de myrte s'est parée ;
> J'ai voulu célébrer l'amant de Cythérée,
> Adonis, dont la vie eût des termes si courts,
> Qui fut pleuré des Ris, qui fut plaint des Amours.
>
> La Fontaine.

Adoxa muscateline : *Langueur d'amour, faiblesse.*

Agnus castus : *Froideur, vie sans amour.*

Agrimoine : *Reconnaissance, dévouement.*

Alisier : *accord, bonne intelligence.*

Alleluia : Aussi nommé *Pain à coucou* ou *Oxalide*, plante pivotante et vivace : *Réjouissance prochaine.*

Alliace : Plante sauvage qui croît dans les haies et sur le bord des fossés. Annuelle : *Plaisirs champêtres.*

Aloès : Plante grasse : *Douleur, chagrins.*

Almouza : *Jalousie, rivalité, vengeance.*

Alysse des rochers : *Tranquilité, solitude.*

Amandier : *Étourderie.*

Amarante : *Constance, immortalité.*

Amarella ou Arthemisia, en français *Armoise*, croît dans les marais et les eaux croupissantes. Feuilles larges, fort découpées : *Amour clandestin.*

Ambroisie : Plante qui croît dans la Goritie, à Carniole, près des murailles du château de Vispao : *Joie, débauches.*

Amaryllis ou Bella-dona : *Amourettes.*

Amaryllis ou Lys Jacques : *Déceptions galantes.*

Amaryllis ou Lys du Japon : *Orgueil, fierté.*

Améos ou Ammi : Cette plante croît en Egypte et est cultivée dans les jardins en Europe ; son symbole : *Fécondité.*

Amourette ou Brise tremblante : *Séparation.*

Anagosis : *Oubli éternel.*

Ananas : *Perfection.*

Ancolie : Plante qui de sa racine déploie des feuilles découpées tout autour d'elle, et des fleurs rondes supportées par de longs pédoncules et dont la couleur est d'un vert-bleuâtre. Du milieu de la fleur s'élève un pistil, entouré d'étamines, lequel dans la suite devient un fruit rempli de plusieurs grains membraneux, qui sont comme de petites têtes, dans lesquelles est renfermée une semence menue, ovale, aplatie et d'un noir luisant. Symbole de *la Folie.*

Anémone des jardins : Plante dont les feuilles à trois globes ressemblent à celles du persil. Ces feuilles sont dentelées et un peu frisées : *Abandon, candeur.*

Anémone des prés : *Maladie.*

Anémone hépatique : *Confiance imprudente.*

Aneth : Tige ronde, noueuse et branchue ayant beaucoup de rapport avec le fenouil : *Délivrance.*

Angélique : *Inspiration, extase.*

Apocym à ouate de la Virginie : Plante vénéneuse lorsqu'elle est crue, inoffensive lorsqu'elle est cuite, et dont le goût se rapproche de celui de nos asperges : *Haine, trahison.*

Argentine : Plante de la famille des rosacées : *Naïveté, fierté.*

Aristée : Plante originaire du Cap de Bonne-Espérance : *Vigueur.*

Armoise commune : *Bonheur, félicité.*

Arnica : *Péril, maladie dangereuse.*

Argémone : Vulgairement appelée *Pavot épineux*, cette plante porte des feuilles longues et étroites, du milieu desquelles s'élèvent des tiges hautes d'un pied environ, et garnies de feuilles plus petites garnies de pointes jaunâtres; sur les côtés de la tige est le *placenta*, rempli de petites graines rondes : *Indifférence.*

Arrête-bœuf : Espèce de bugrame, plante légumineuse : *Intrépidité, courage.*

Arthemisa : *V.* Amarella.

Asclepias, aussi nommé *arbre à soie : Coquetterie.*

Asphodèle : *Nos regrets vous suivent au tombeau.*

Asphodèles (lys) *V.* Hémérocalle.

Aspic, *d'outre mer :* Plante originaire des montagnes de l'Inde : *Envie.*

Aster à grandes fleurs : *Soupçons, arrière-pensée.*

Astragale : *Regrets passagers.*

Astrame : *Astuce, dissimulation.*

Attriplex : *Sylvestris* ou *Arroche sauvage.* Plante pariétaire que l'on rencontre dans les endroits inhabités et secs : *Amitié fidèle.*

Attrape-mouche : *V.* Muscipula.

Aubépine : Arbuste qui sert à faire des haies, et qu'un préjugé accuse de gâter le poisson par sa seule odeur, bien qu'elle soit inoffensive : *Espérance* et *courage.*

Avelinier : Variété du noisetier à fruits presque ronds et d'une saveur agréable. On en fait des dragées et l'on en extrait une huile connue sous le nom d'huile d'amandes douces : *Douceur enfantine.*

Aurone : Plante à feuilles fort déliées comme celles du fenouil, mais plus courtes et plus nombreuses : *Rêverie.*

Azérole : *Désirs.*

Baguenaudier : *Amusement frivole.*

Balisier : *Rêverie, incertitude.*

Balsamine : (*Noli me tangere*). Originaire de l'Inde, cette plante s'élève sur une tige unique ; elle est annuelle et se sème au printemps. Les fleurs sont simples ou doubles, blanches, rouges, panachées, enfin de nuances diverses.

Quand la capsule de la Balsamine est mûre, cette plante lance, en se contractant, ou dès qu'on la touche, les graines qu'elle contient ; d'où vient ce surnom *d'impatience* que lui donnent les jardiniers.

La Balsamine figure très-bien au milieu des grandes plates-bandes de parterre ; on la mêle parmi les fleurs de la grande espèce : on recherche surtout les doubles, rouges, violettes ou panachées.

Le nom de cette plante vient du latin *balsamum* (baume), parce qu'en effet les Anciens l'employaient dans la composition de certains baumes.

Cette fleur est l'emblème de la prévoyance, ses diverses espèces se symbolisent ainsi :

Balsamine rouge : *Ardeur, vivacité.*

Balsamine blanche : *Pureté, vertu offensée.*

Balsamine violette : *Emportement.*

Barbe de Jupiter : *Gloire, honneur.*

Barbeau des champs ou Cyanus bluet : Sortes de fleurs,

qui naissent en abondance dans les blés : plusieurs variétés méritent d'être cultivées, comme plantes d'ornement : *Délicatesse.*

BARBEAU DES JARDINS : *Amoureuse langueur.*

BARBEAU PANACHÉ OU DE CONSTANTINOPLE : *Premier soupir.*

Blonds chérubins, blanches petites filles,
De bluets et d'épis semez votre chemin ;
Pour vous il est des fleurs et jamais de faucilles ;
A vous le ciel, car Dieu vous mène par la main.

Alexandre GUÉRIN.

BARDANE : *Inconvenance, importunité.*

BASILIC : Plante annuelle très-aromatique, originaire de la Perse : *Haine implacable*

BASILIC (d'eau) : Il a les feuilles du précédent, quoique plus petites et découpées. Il produit cinq ou six tiges peu élevées. Ses fleurs sont blanches, sa graine noire et âpre au goût, il croît auprès des fontaines et des rivières, son emblème est : *Importunité.*

BAUME : *Bienfaisance, vertu.*

BAUME DE JUDÉE : *Maladie, langueur.*

BELLADONE OU AMARYLLIS : (Voyez ce dernier mot).

BELLE DE JOUR : *Minauderie, coquetterie.*

BELLE DE NUIT : *Alarme d'un cœur sensible.*

BELLIGOIRE : *V.* ÉGLANTIER.

BELVÉDÈRE : *Déclaration de guerre.*

BÉTOINE : Plante officinale, vivace et à fleurs d'un rouge terne : *Brusquerie.*

BIGARREAU : *V.* CERISE.

BLÉ : *Richesse, fortune.*

BON HENRI : *Affabilité, bonté.*

BOULE DE NEIGE ou *roses de Gueldres : Calomnie, refroidissement.*

BOUQUET : *Galanterie.*

BONNE DAME OU ARROCHE : *Coquetterie.*

BOURRACHE : *Brusquerie.*

BOUTON DE ROSE : *Beauté naissante.*

BOUTON D'OR OU RENONCULE DORÉE : Plante vénéneuse: *Danger des richesses.*

Ce joli bouton satiné
Qui sourit comme l'innocence,
Recèle un suc empoisonné
Et souvent blesse l'imprudence.

BRANCHE URSINE : *Nœud indissoluble.*

BRIN DE MOUSSE : *Amour maternel.*

BRISE TREMBLANTE : *Frivolité.*

BRUNELLE : *Plaisirs sylvestres.*

BRUYÈRE : *Solitude, rêverie.*

BUGLOSSE : Plante ainsi appelée de deux mots grecs qui signifient *double langue : Mensonge.*

BUGRAME : *Entrave, empêchement.*

BUIS : *Stoïcisme.*

CAILLE-LAIT : Plante vivace: deux espèces, l'une à fleurs jaunes, l'autre à fleurs blanches; ses racines fournissent une couleur semblable à la garance ; elle n'a pas, comme on croit, la propriété de cailler le lait. Symbole: *Trahison.*

Camara piquant : *Rigueur.*

Camélia : *Talent modeste et vénéré.* Arbrisseau charmant qui se plaît aux lieux ombragés et qui aime la chaleur; belles feuilles denticulées; larges fleurs blanches nuancées de rose. On assure que dans le royaume de Naples, à Caserte, château royal, il se trouve un camélia en pleine terre, de dix mètres de hauteur. C'est le plus beau du monde.

Un camélia blanc était fier de sa fleur :
C'est elle, disait-il, qu'à toute autre on préfère.
Son éclat est doué d'une telle fraîcheur
Que la Vierge elle-même envirait sa blancheur!
Quel dommage de vivre en serre!
On voit trop peu d'admirateurs.
Si l'on connaissait mieux les trésors sur la terre,
Combien j'aurais de visiteurs!

Anatole de Montesquiou.

Cameline : *Reconnaissance.*

Campanule : Plante qui produit des tiges hautes d'un demi-mètre, et même au-dessus, velues et garnies de feuilles placées alternativement, oblongues, larges, pointues, dentelées en leurs bords et velues; le long de ces tiges et des essailles des feuilles naissent des fleurs en manière de cloches, évasées et découpées en leurs bords, en cinq parties, de couleur violette ou blanche. Son symbole est : *Surveillance, attachement.*

Capillaire : *Discrétion.*

Capucine : *Feu d'amour.*

Carline : Plante vivace, sans tige, des hautes montagnes; son réceptacle couché par terre est aussi large qu'un artichaud et se mange.

La *Carline* est la nourriture du chamois. Elle s'épanouit ou se resserre suivant que l'air est humide ou sec. C'est le baromètre des chasseurs de montagne. Symbole : *Isolement, solitude.*

CENTAURÉE : Fleur du Grand-Seigneur : *Félicité.*

CARTHAME : *safran bâtard.* C'est une plante qui de sa bulbe jette de longues feuilles étroites, du milieu desquelles s'élève une tige courte, à l'extrémité de laquelle naît une fleur en forme de lys ou de tube, divisée en six parties ; dans son milieu croît une espèce de houppe, partagée en trois cordons; cette houpe est ce qu'on appelle *le safran*, et le calice devient après un fruit oblong, relevé de trois côtés, divisé en trois compartiments, remplis de semences un peu rondes. Son symbole est : *Utilité, charme du monde.*

CERISIER : *Bonne éducation.*

CÉLIDOINE ou CHELIDOINE ou ÉCLAIRE : Plante vivace qui croît sur les murs, dans les mauvaises terres. Elle contient un suc corrosif, d'un jaune orangé ; ses graines sont petites et nombreuses. Symbole : *Émotion d'amour.*

CHAMPIGNON : *Soupçon.* La vie humaine.

Plusieurs espèces de champignons sont des poisons mortels. En Sibérie, les Ostiacks ont le secret de faire avec trois champignons que, dans le langage scientifique, on appelle *Agaricus muscarius,* une préparation qui donne la mort en douze heures à l'homme le plus robuste. Il en est d'aussi dangereux dans nos climats.

Les Russes, durant leurs longs carêmes, se nourrissent presque entièrement de champignons, et nous-mêmes nous regardons ceux de couches comme un mets très-friand ; cependant, ils doivent toujours inspirer des soupçons, et il faut, avant de s'en servir, les exposer à la chaleur de l'eau bouillante ; cette précaution leur enlève leur âcreté, et leur ôte tout parfum s'ils ne sont pas d'une bonne espèce.

UN CHAMPIGNON.

Un champignon disait : « Soumis aux lois des cieux,
» Végéter en butte à l'orage
» Entre deux points mystérieux
» Où commence et finit un rapide passage;
» Ignorer où l'on va, d'où l'on vient, ce qu'on est,
» Pourquoi l'on meurt, pourquoi l'on naît;
» Jouer, sans le comprendre, un rôle sur la terre,
» A sa postérité léguer tout ce mystère;
» Enfin, être aujourd'hui, ne plus être demain,
» Souvent pour satisfaire au bon plaisir d'un autre,
» Du champignon c'est le destin! »
« Tu te plains de ton sort, repartit un Humain :
» Il est pourtant semblable au nôtre. »

Anatole de MONTESQUIOU.

CHARDON : *Austérité.* Il y a en Écosse un ordre honorifique qu'on appelle l'*Ordre du Chardon* ou de Saint-André; c'est un collier d'or entrelacé de fleurs de chardon et de rue, avec cette devise :

Personne ne m'offense impunément.

Il y a une très-belle espèce de chardon, nommée par les savants chardon *Marie*, que l'on indique comme souveraine dans la pleurésie, et comme fébrifuge, sudorifique, et dont les feuilles, débarrassées de leurs épines, se mangent en salade dans plusieurs contrées de l'Europe.

CHARDON A FOULON OU CARDIÈRE : *Misanthropie.* Les fleurs de la cardière des bois sont hérissées de paillettes longues et piquantes; toute la plante a un air sévère. Cependant elle est utile et belle; les drapiers l'emploient à peigner leurs étoffes : c'est ce qui lui a valu le nom vulgaire de Chardon à foulon.

CHARME OU CHARMILLE : *Ornement.* Le bois du charme est blanc, fort dur, d'un usage fréquent dans le charronnage. On en fait des leviers, des poulies, des roues de moulin, des manches d'outils, des vis à pressoir, etc. Il est excellent pour le chauffage. Dans les jardins, sous le nom de *Charmille*, il est d'une féconde utilité; on peut en faire des colonnes, des pyramides, des palissades de toutes les dimensions, des berceaux de toutes les grandeurs. Le Nôtre nous a fait voir à Versailles, dans ses nobles compositions, tout ce qu'il est possible de tirer de ce bel arbre, qui donnait autrefois à nos jardins ces longs rideaux de verdure, ces magnifiques portiques dans lesquels on aimait à promener ses regards fatigués.

CHATAIGNIER : *Rendez-moi justice.* C'est à tort que l'on néglige les fruits de cet arbre; s'ils se présentent à nous sous une rude écorce, hérissée de nombreux piquants, ils n'en offrent pas moins un aliment de bonne qualité; les châtaignes forment presque la seule nourriture de plusieurs contrées de France, telles que les Cévennes, le Limousin, etc.; cuites sous la cendre ou dans des poêles percées de trous, ou dans l'eau, elles sont très-agréables au goût.

Par lui-même, le châtaignier est loin d'être sans mérite : c'est un grand et bel arbre dont le port est d'un majestueux aspect; son feuillage est ample et gracieux, ses feuilles oblongues et luisantes sont garnies à leur contour de dents presque épineuses; son bois est excellent pour les travaux de charpente, de menuiserie. Il est pesant, élastique, d'une grande force et d'une grande durée.

Le châtaignier se trouve dans nos plus anciennes forêts et on le rencontre communément par toute l'Europe. Mais c'est surtout au mont Etna, non loin de la ville d'Aci, qu'il faut aller chercher la mesure de sa puissance. C'est là, en effet, que se trouve ce fameux châtaignier, décrit par plusieurs voyageurs, qui n'a pas moins de cent soixante pieds de circonférence, et dont le tronc creux sert de retraite à un berger et à son troupeau. On l'appelle le Châtaignier aux cent chevaux, parce que, dit-on, dans un jour d'orage, une reine, Jeanne d'Aragon et ses cavaliers purent trouver tous un abri sous son vaste feuillage.

La France aussi a son châtaignier de Sancerre, qu'elle peut montrer avec honneur : trente pieds de contour et mille ans d'existence sont des titres à l'attention du voyageur.

Le châtaignier se plaît sur les coteaux et au pied des montagnes; il aime les terres sablonneuses qui ont beaucoup de fond.

Chêne : *Hospitalité, Force.* Les anciens croyaient que le chêne, né avec la terre, avait offert aux premiers hommes la nourriture et l'abri, aussi fût-il de tout temps en vénération parmi les peuples. Les païens, le regardant comme le plus noble des arbres, l'avaient consacré au plus puissant des dieux. Les Grecs et les Romains venaient demander à ses rameaux tressés une couronne pour orner le front du citoyen vertueux et brave. — C'était sous son ombrage que se rendaient les oracles fameux de Dodone; là aussi que nos pères, les Druides, chantaient leurs hymnes sacrées. Dans un temps plus rapproché, nous aimons à rappeler le souvenir du vieux chêne sous lequel saint Louis, semblable à un tendre père, venait s'asseoir pour rendre la justice à son peuple. Roi des forêts antiques, le chêne, avec son aspect majestueux, nous remplit encore d'admiration, de respect et de crainte. « Plein de jeunesse et de force, lorsqu'il élève sa tête altière et qu'il étend ses bras immenses, il paraît comme un souverain protecteur. Dépouillé de verdure, immobile, frappé de la foudre, il ressemble au vieillard qui a vécu dans les siècles passés et qui ne prend plus part aux agitations de la vie. Les vents impétueux luttent quelquefois contre ce fier athlète : d'abord il murmure, mais bientôt un bruit sourd, profond, mélancolique, sort de ses robustes rameaux. On écoute et on croit entendre une voix confuse et mystérieuse qui explique les vieilles superstitions du monde. »

On a vu en Angleterre, au comté d'Oxford, un chêne dont les branches de 54 pieds de longueur, mesurées depuis le tronc, pouvaient ombrager 304 cavaliers ou 4384 fantassins. Le chêne produit les glands, dont quelques espèces ont offert de tout temps aux hommes une ressource assurée contre la disette. Aujourd'hui encore, plusieurs peuplades de Maures et d'Arabes en font leur nourriture pendant une partie de l'année.

CHEVEUX DE VÉNUS : *Sympathie.* « Les tresses de vos cheveux sont autant de chaînes pour mon cœur. »

La plante connue sous le nom vulgaire de Cheveux de Vénus, fleurit depuis le mois de juin jusqu'en septembre; ses fleurs sont d'un beau bleu céleste, entourées de filets verts assez semblables à des cheveux, ce qui lui a fait donner son nom vulgaire. C'est, dans la science, la Nigelle de Damas.

CHÈVREFEUILLE DES JARDINS : *Liens d'amour.* « J'ai quelquefois vu un jeune chèvrefeuille attacher amoureusement ses tiges souples et délicates au tronc noueux d'un vieux chêne; on eût dit que ce faible arbrisseau voulait, en s'élançant dans les airs, surpasser en hauteur le roi des forêts; mais bientôt, comme s'il eût senti ses efforts inutiles, on le voyait retomber avec grâce et couronner le front de son ami de doux festons et de guirlandes parfumées. »

Le chèvre-feuille a des rameaux nombreux, ses fleurs, d'un beau jaune pâle, s'épanouissent en mai.

CHICORÉE : *Frugalité.* Horace a chanté la frugalité de ses repas, qui ne se composaient que de mauves et de chicorée. C'est une excellente plante potagère qui remplace avantageusement la laitue.

CHIENDENT : *Persévérance.* Le chiendent est une plante printanière qu'il est difficile de détruire, tant elle multiplie. Chez les Romains, une couronne de chiendent était la récompense du guerrier qui avait soutenu ou fait lever le siége d'une ville.

CHOU : *Profit.* Autrefois les campagnes de Rome étaient couvertes de choux dont on retirait d'immenses profits; c'est peut-être de là que nous est venue cette locution proverbiale : Faire ses choux gras, pour faire entendre que l'on fait bien ses affaires et que tout tourne à profit.

CHRYSANTHÈME DES PRÈS : *M'aimez-vous?* Dans les mois de juin et de juillet on voit briller partout dans les prés la chrysanthème. Ses feuilles sont portées solitaires à l'extrémité d'une tige peu ramifiée, haute de deux pieds, garnie de feuilles simples plus ou moins dentées. Les fleurs ont un pouce et demie de diamètre; leur disque est jaune, ceint d'une couronne de grands demi-fleurons blancs. — Il ne faut pas la confondre, comme on le fait trop souvent, avec la Reine-Marguerite de nos jardins.

Il n'est personne qui n'ait remarqué cette plante, et qui, dans sa jeunesse, n'ait joué avec sa fleur en cherchant à connaître le degré d'affection de l'amant ou de l'amie.

Souvent la pastourelle,
Loin de son jeune amant,
Se dit : « M'est-il fidèle ?
Reviendra-t-il constant? ... »
Tremblante elle te cueille ;
Sous son doigt incertain,
L'oracle qui s'effeuille
Révèle son destin.

Constant DUBOS.

CIGUE : *Trahison.* On la reconnaît facilement à ses tiges parsemées de taches livides comme la peau d'un serpent, à son odeur fétide, à sa saveur d'une amertume désagréable, enfin à l'âcreté de toutes ses parties. Cette plante, dont les fleurs paraissent en juin et juillet, a été regardée de tout temps comme un poison; la mort de Socrate l'a immortalisée. — On vante la ciguë pour le traitement du cancer.

CIRCÉE : *Sortilége.* Comme l'indique son nom, cette plante

est célèbre dans les évocations magiques. Sa tige est haute d'un ou deux pieds; sa fleur en épi est rose, veinée de pourpre. On la trouve dans les lieux humides et ombragés; elle se plaît surtout sur les ruines et sur les débris des tombeaux.

CISTE : *Jalousie*. Les cistes sont des herbes ou des arbrisseaux à fleurs simples de peu de durée. On a remarqué que dans cet arbrisseau les étamines sont très-irritables, à tel point qu'on les voit s'agiter sans causes apparentes; il croît dans les parties méridionales de l'Europe et fleurit en juin et juillet.

CITRONNELLE : *Douleur*. Dans le Holstein, les jeunes gens, dit-on, comme marque de deuil, portent aux funérailles une branche de Citronnelle. Dans l'Inde, le citron est consacré à la douleur; les femmes condamnées, dans ce pays, à se brûler à la mort de leurs époux, marchent au bûcher avec des citrons à la main.

CITRONNIER : *Désir de correspondre*. Le citronnier est frère de l'oranger et il est pour l'homme d'une précieuse utilité : l'écorce de sa racine est fébrifuge, ses feuilles et l'écorce de son fruit donnent l'huile de citron; la pulpe fournit l'acide citrique; les graines, très-amères, sont toniques.

LES DEUX CITRONS,

— « J'étais, il m'en souvient, un jeune et beau citron
» Plein de sucre, de jus, d'orgueil et de puissance.
» Avec succès de moi l'on se servit en France,
» Et sans trop me vanter, je suis fait de façon
» A ne pas renoncer encore à l'espérance! »
— Avec un ton qui dut lui sembler aigre-doux,
Son plus proche voisin, plein de sève et de force,
Lui dit : « Mon pauvre vieux ! de quoi vous flattez-vous ?
» Il faut pour nous aimer qu'on ait besoin de nous. »

Anatole de MONTESQUIOU.

CITROUILLE : *Grosseur*. Tout le monde sait que la citrouille a souvent des fruits d'une énorme grosseur; en style bas et injurieux, on dit d'une personne trop grasse qu'elle ressemble à une citrouille.

CLANDESTINE : *Amour caché*. La clandestine est une plante parasite aux jolies fleurs de pourpre, qu'elle se plaît à cacher sous la mousse ou sous des feuilles sèches. Elle croît au pied des grands arbres, dans les lieux ombragés, froids et humides de la France, et ne fleurit que vers la fin du printemps.

CLÉMATITE : *Artifice*. Plante sarmenteuse de la famille des renonculacées. Son symbole lui vient de la ruse des mendiants, qui s'en servent pour simuler sur leur peau de larges ulcères, d'où le nom vulgaire d'*herbe aux gueux*, que le peuple lui donne.

Un autre emblème lui est attribué encore par quelques auteurs; c'est celui de liens, parce que ses tiges flexibles servent à faire des liens, et sont employés dans la grosse vannerie; Elle se rapproche du lierre et du chèvrefeuille.

CLOCHETTE *ou* CAMPANULLE : *Bavardage, caquet*. Petite plante de la famille des campanulacées; sa fleur, en forme de cloche, est ordinairement bleue, quelquefois blanche.

COCA : *Aigreur, querelle*. Plante fort commune au Pérou; elle croît dans les hauts terrains.

COLCHIQUE : *Mes beaux jours sont passés*. Le Colchique, ainsi nommé de la Colchide, lieu de son origine, parait au commencement de l'automne; ses fleurs, semblables à celles du safran, sont d'un rose tendre, et parent les prairies humides. On a employé le colchique avec succès dans plusieurs maladies, surtout dans l'atshme, le rhumatisme et l'hydropisie. Les Suisses attachent sa fleur au cou de leurs enfants et les croient à l'abri de tous les maux. Le colchique n'inspire point, comme le safran, la joie et l'espérance; il annonce à toute la nature la perte des beaux jours.

CONVOLVULUS DE NUIT : *Obscurité*, *nuit*. C'est le liseron du peuple qui l'appelle ainsi, à cause de sa grande ressemblance avec le lis ; il n'en diffère que par l'odeur. Nous comptons plusieurs espèces de liserons tous parfaitement beaux ; hélas! ils ne sourient que la nuit. C'est dans les contrées méridionales qu'ils ont pris naissance.

Coquelicot : *Consolation, reconnaissance.* Qui peut reporter son âme aux souvenirs de l'enfance sans se rappeler en même temps le coquelicot des champs? Sa beauté resplendit merveilleusement par les vertes prairies et à travers les riches moissons. Il serait le rival de la rose, s'il en avait le parfum et la durée. De plus il renferme dans son sein empourpré un baume précieux qui calme la douleur et endort le chagrin. Quatre feuilles larges, caduques, d'un rouge écarlate le font assez connaître.

Coquelarde : *Vous êtes sans prétention.* Très-belle plante appelée aussi couronne des champs; toutes ses parties sont couvertes d'un duvet blanc, cotonneux ; ses fleurs pourprées rappellent l'œillet; la coquelourde aime l'ombre, et ne demande aucun soin.

Coqueret : *Erreur.* Genre de solanées ; il se fait remarquer par ses baies globuleuses, d'un rouge très-vif, renfermées dans un calice renflé, de la même couleur. La floraison a lieu en mai et juin. Les fruits *que l'on prendrait pour des cerises*, ne sont mûrs qu'en automne, vers la fin.

Coraline : *Justesse de prévision.*

Coriandre : *Mérite caché.* Le nom de la coriandre signifie *punaise,* nom qu'elle doit à l'odeur insupportable de ses feuilles. Cependant ses graines en mûrissant acquièrent un parfum qu'on a été obligé de reconnaître; les confiseurs, les médecins, les cuisiniers savent lui rendre justice et utiliser son mérite.

Cormier : *Prudence.* Arbre charmant, peu élevé, d'une médiocre grosseur, d'une grande durée. Ses fleurs sont blanches, son feuillage vert, ses fruits d'un très-beau rouge. Il s'élève lentement, et attend prudemment qu'il ait acquis toute sa force pour porter ses fruits; mais c'est pour l'hiver que sa récolte est réservée, délicieuse moisson que la providence garde sagement aux petits oiseaux pour la dure saison des neiges.

Cornouiller sauvage : *Durée.* Le cornouiller est un des arbres les plus anciennement connus; il croît dans les bois; sa dureté et la longue durée de son existence le rendent particulièrement remarquable. Il fleurit au printemps et ne donne ses fruits qu'en hiver.

Cornouiller panaché : *Première erreur.*

Coudrier : *Réconciliation, paix.* Le coudrier est un arbrisseau que l'on rencontre communément dans les haies et dans les bois taillis; nous le connaissons mieux sous le nom de noisetier. Son symbole est une réminiscence de la mythologie. Apollon reçoit de Mercure une écaille de tortue transformée en lyre; en échange, le Dieu de l'harmonie lui fait présent d'une verge de coudrier qui avait la puissance de faire aimer la vertu et de rapprocher les cœurs divisés par la haine et l'envie.

Couronne impériale : *Fierté.* Plante vivace et bulbeuse assez semblable à une tulipe renversée. Ses fleurs, disposées en couronnes, lui ont donné son premier nom. Elle doit son second apparemment à la prédilection de l'empereur Napoléon, qui voulait la voir dans tous ses palais répandue avec profusion.

Noble et brillante fleur, ornement des parterres,
Elle séduit les yeux par ses vives couleurs,
Le sage, en la voyant, rêve sur les grandeurs,
Et de plus d'un mortel déplore les misères :
« O fleur, dit-il, ton nom ne touche point mon cœur;
Tu me rappelles la victoire,
Les faisceaux, la pourpre, la gloire,
Les muses, les beaux arts, l'honneur,
Mais tu n'étais pas le bonheur! »

Comtesse de Bradi.

COURONNE DE ROSES : *Récompense de la vertu.* Saint Médard, évêque de Noyon, institue à Salency la Rosière, ou couronne de roses, prix réservé à la plus soumise, la plus modeste et la plus sage des jeunes filles du village, au jugement de ses propres compagnes. D'une commune voix la sœur même de saint Médard fut nommée première rosière de Salency, et elle reçut sa couronne des mains du saint fondateur.

I.

Cette fille, dès sa jeunesse,
Nourrit son père infirme et vieux;
Elle n'a point d'autre noblesse,
Point de parchemins, point d'aïeux :
La noblesse est bien quelque chose,
Mais elle n'est pas le vrai bien :
La noblesse au vulgaire impose,
Mais, sans la vertu, ce n'est rien.

II.

On ne voit point sur son visage
Briller la fleur de la beauté;
Mais, dans une âme honnête et sage,
Règnent la douceur, la bonté;
La beauté, c'est bien quelque chose,
Mais elle n'est pas le vrai bien :
Elle a tout l'éclat de la rose,
L'éclat, sans la vertu, n'est rien.

III.

Dans son parler et sa simplesse,
Qu'on chérissait au bon vieux temps,
De l'esprit et de la finesse
Elle n'a point les agréments :
L'esprit est pourtant quelque chose,
Mais l'esprit n'est pas le vrai bien :
Quelque forte qu'en soit la dose,
L'esprit, sans la vertu, n'est rien.

IV.

Jamais elle n'apprit à lire
Dans d'autres livres que son cœur ;
Ce livre a suffi pour l'instruire
Du chemin qui mène au bonheur ·
La science est bien quelque chose,
Mais, elle n'est pas le vrai bien.
A l'orgueil, quand elle dispose,
Il vaudrait mieux ne savoir rien.

Rosière de SALENCY.

CRAPAUDINE : *Artifice*. Plante du genre des labiées; ses fleurs sont disposées en faux verticiles.

CRESSON : *Distraction, promenade*. Plante d'un aspect agréable qui semble se promener sur le bord des ruisseaux, des fontaines, le long des fossés, en gazon d'un beau vert, relevé de petites fleurs blanches. Elle se mange crue en salade, ou comme assaisonnement avec des viandes rôties. Le cresson est antiscorbutique.

CROIX DE JÉRUSALEM *ou* DE MALTE : *Fidélité à toute épreuve*. Plante cotonneuse qui servait à faire des mèches de lampe, et dont les fleurs, réunies en bouquet élégant, répandent un vif éclat par leur couleur d'un rouge de carmin ou de vermillon. Les pétales, au nombre de quatre, offre la forme des croix des chevaliers de Jérusalem et de Malte; ce qui a fait donner à cette plante, apportée par les croisés, son nom vulgaire. La fleur en est jolie sur des modes légères et fait assez l'effet, à l'œil, du géranium.

CHRYSOCOME LINGSYRIS : *Vous faites attendre*. Cette plante est vivace, indigène; fleurs jaune doré, ce qui a fait donner à la plante le nom de plante aux cheveux d'or. Elle ne vient que dans l'arrière-saison, lorsque les autres fleurs sont presque toutes passées. Elle croît surtout aux environs de Paris.

CUPIDINE : *Persévérance*. Voy. *Cupidone*.

CUPIDONE BLEUE : *Vous inspirez l'amour.* La Cupidone habite les lieux stériles et montagneux de la Provence; ses belles fleurs bleues paraissent jusqu'en octobre. Les Grecs croyaient que cette plante inspirait l'amour, d'où lui est venu son nom. C'est probablement la même que quelques auteurs nomment CUPIDINE, et à laquelle ils donnent pour symbole, persévérance, à cause de la longue durée de ses feuilles.

CUSCUTE : *Bassesse.* Plante parasite dont la semence germe dans la terre ; elle pousse ensuite une tige filiforme qui se détache de la racine, cherche une autre plante à laquelle elle puisse s'accrocher, s'y attache, et se séparant de sa propre racine, enfonce dans celle qui lui a donné asile, de petits suçoirs pour en tirer sa nourriture. Ramper pour trouver appui et soutien, puis vivre aux dépens d'un bienfaiteur qu'elle épuise, telle est sa nature.

CYCLAMEN *ou* PAIN DE POURCEAU : *Durée de sentiments.* Le cyclamen est une plante vivace dont les feuilles sont agréablement veinées; la fleur blanche, purpurine ou violette, est pendante vers la terre, et ses divisions redressées vers le ciel; le fruit est une capsule un peu molle. Après la floraison et à mesure que les fruits mûrissent, le pédoncule se roule de nouveau en spirale, descend vers la terre et y implante les capsules qui doivent préparer de nouvelles fleurs et de nouveaux fruits; la racine est brûlante et un peu amère, elle fait les délices des pourceaux. On lui attribue une vertu purgative; mais son action est trop énergique. Son suc servait autrefois, dit-on, à empoisonner les flèches.

CYPRÈS : *Deuil.* Arbre au vert et sombre feuillage, que ne pénètre point le rayon du soleil; ses longues pyramides, élevées vers le ciel, gémissent agitées par les vents ; le soir on dirait un noir fantôme; tout en lui porte à la mélancolie; aussi en a-t-on fait l'ornement des tombeaux ; il sied bien au séjour de la mort.

. . . . Et toi, triste cyprès,
Fidèle ami des morts, protecteur de leur cendre,
Ta tige chère au cœur mélancolique et tendre
Laisse la joie au myrte et la gloire au laurier.
Tu n'es point l'arbre heureux de l'amant, du guerrier,
Je le sais; mais ton deuil compatit à nos peines.

AIMÉ MARTIN.

CYORIDE *ou* PIED DE VÉNUS : *Obstacles*. Très-belle plante, remarquable surtout par la forme et la grandeur de sa fleur. Le pétale supérieur est dressé, ovale; le pétale inférieur, de la grosseur d'une petite noix, est ouvert au-dessus comme un *sabot;* les autres pétales sont lancéolés, aigus et étalés en croix.

CYTISE : *Sortilége*.

DAHLIA : *Reconnaissance parfaite*. Magnifique plante originaire du Mexique, connue parmi nous seulement depuis 1791. Très-belles fleurs que l'on a variées en toutes nuances; il n'y a que le dahlia bleu qu'on ne puisse trouver, au grand désespoir des horticulteurs. Qui le trouverait ferait sa fortune. Le dahlia est devenu l'une des plus belles fleurs de nos jardins.

DATURA : *Charmes trompeurs*. N'est-elle pas charmante, cette plante que l'Europe a pu envier au Chili? Quoi de plus magique que ces longues fleurs revêtues de pourpre doublée d'ivoire? Quoi de plus suave que le parfum qu'elle exhale? Oui; mais, laissez percer les premiers rayons du soleil, cette beauté disparaît, elle n'est belle que la nuit, comme si ses charmes redoutaient l'œil clairvoyant du jour. De même, ce parfum suave qui vous enivre, gardez-vous de le respirer, il donne la mort.

DENTELAIRE : *Causticité.* Plante vivace, fleur bleue, en épi. On la nomme ainsi parce qu'elle soulage le mal de dents. Sa grande *Causticité* excite une irritation violente sur la peau.

DICTAME DE CRÈTE : *Naissance.* Arbuste odoriférant, de l'île de Crète. L'écorce de sa racine servait autrefois comme sudorifique, diurétique. Son emblème est un souvenir mythologique : Junon, présidant à la naissance des enfants sous le nom de Lucine portait une couronne de Dictame.

DIGITALE : *Souvenir d'absence.* Belle plante à fleur blanche ou purpurine qui fait aimer les allées sombres des bois montueux qu'elle habite; en la cueillant dans ces lieux sotaires, on se plaît à rêver des personnes aimées dont on regrette l'absence.

DORONIC : *Éclat, grandeur.* Le doronic croît dans les lieux élevés ; sa feuille est d'un jaune d'or éclatant.

ÉBÉNIER : *Noirceur*. Arbrisseau à rameaux soyeux, feuilles argentées, fleurs roses et en épi, bois dur, veiné de noir.

ÉGLANTINE : *Poésie*. C'est la fleur des poëtes ; elle est le prix de celui qui a le mieux célébré les charmes de l'étude et de l'éloquence, aux jeux floraux que Clémence Isaure institua à Toulouse. L'arbrisseau qui la donne se rencontre dans les bois et dans les haies; on le reconnaît facilement à l'élégance de son feuillage, au parfum de sa fleur et au brillant de son coloris d'un beau blanc lavé de rose; c'est le rosier sauvage, qu'il ne faut pas confondre avec l'églantier odorant où rosier à odeur de pommes de reinette dont les fleurs sont rouges, ni avec le rosier églantier qui a les fleurs d'un beau jaune couleur d'or. Quelques auteurs pensent que c'est l'églantine d'or qui sert de prix aux jeux floraux.

Églantine, humble fleur, comme moi solitaire,
Ne crains pas que sur toi j'ose étendre la main :
Sans en être arrachée, orne un moment la terre,
Et comme un doux rayon console mon chemin.

Mais ton front humecté par le froid crépuscule
Se penche tristement pour éviter ses pleurs;

Tes parfums sont enclos dans leur blanche cellule,
Et le soir a changé ta forme et tes couleurs.

Rose, console-toi! le jour qui va paraître
Rouvrira ton calice, à ses feux ranimé;
Ta brillante auréole, il la fera renaître,
Et ton front reprendra son éclat embaumé.

Fleur au monde étrangère, ainsi que toi, dans l'ombre
Je me cache et je cède à l'abandon du jour;
Mais un rayon d'espoir enchante ma nuit sombre :
Il vient de l'autre rive... Et j'attends son retour!

Mme Desbordes VALMORE.

ELLÉBORE OU PIED DE GRIFFON : *Changement de position.* Plante qui croît partout en France, aux lieux stériles et pierreux. Ses feuilles sont d'un vert sombre comme ses fleurs. L'ellébore répand une odeur fétide.

ÉNOTHÈRE A GRANDES FLEURS : *Inconstance.* Cette plante est originaire du Chili. Ses fleurs d'un beau jaune sont très-grandes; elles ne s'ouvrent que le soir et se ferment tous les matins. Nous avons, dit M. Aimé Martin, plusieurs fois retrouvé et perdu cette belle plante que l'on nomme vulgairement onagre. M. Mordant de Launay l'a rendue aux jardins de Paris, où malgré son inconstance on lui fait un accueil favorable.

ÉPHÉMÉRINE DE VIRGINIE : *Bonheur d'un instant.* Très-jolie plante vivace; fleurs d'un beau bleu qui ne durent qu'un instant, mais qui se succèdent depuis le mois de mai jusqu'en octobre.

ÉPI DE FROMENT : *Abondance.*

ÉPILOBE A ÉPI : *Unissons-nous.* Belle plante vulgairement appelée herbe ou laurier de Saint-Antoine. Son principal mérite consiste dans ses grandes et belles fleurs rouges-violettes se mariant au sommet de chaque tige et formant un long épi pyramidal du plus bel aspect.

ÉPINES : *Remords.* Malheur à qui ose porter la main sur la tige hérissée de piquants, il ne tarde pas à s'en repentir; malheur aussi à qui commet le mal, son cœur sentira les épines du remords.

ÉPINES NOIRES : *Difficulté.* S'il se présente une affaire difficile, on dit : c'est épineux, ou encore : c'est un fagot d'épines, on ne sait par quel bout le prendre.

ÉPINE-VINETTE : *Aigreur.* Les fleurs de l'Épine-vinette sont tellement irritables que si on vient à les toucher légèrement, toutes les étamines se replient autour du pistil; de plus le fruit en est fort aigre; cet arbrisseau figure bien les personnes d'une humeur aigre et peu endurante.

L'ÉPINE ET L'ÉPINGLE.

Une épine de Rose ou de Briacanthos
(Je n'ai pas pu savoir laquelle)
Aimait à se vanter de sa pointe cruelle,
Et la citait à tout propos.
Une épingle lui dit : « Vous avez tort, ma chère,
» Et vous feriez bien mieux de cacher vos défauts.
» Nous avons bien un peu le même caractère;
» Je suis blessante aussi : mais de vous je diffère,
» Et nos destins sont inégaux.
» Vous piquez dès que l'on vous fâche,
» Et vous vous fâchez bien souvent.
» Je vous vois attaquer tout le monde sans relâche;
» Vous en voulez à tout venant;
» Piquer est votre unique tâche.
» Moi, je pique aussi, mais j'attache. »

MONTESQUIOU.

ÉRABLE : *Réserve, Précaution, Économie.* Genre de plante qui croît en Amérique et donne un suc dont on se sert pour faire du sucre. On en a fait l'emblème de la réserve, parce que ses fleurs tardent à s'ouvrir et tombent avec une excessive langueur.

Essence de Rose : *Votre renommée se répand partout.*

Éternelle : *Immortalité.*

Eupatoire : *Amour paternel.* Plante aquatique dont les fleurs agréablement nuancées de pourpre, de blanc et de rose, embellissent le contour des étangs et des lacs. Les anciens l'avaient dédiée à Mithridate, roi de Pont, surnommé Eupator, c'est-à-dire bon Père ; telle est l'origine de son nom et de son symbole.

Euphorbe : *Réveil-matin. J'ai perdu le repos.* Cette plante doit son nom à Euphorbus, médecin de Juba, roi de Mauritanie, qui le premier employa pour la guérison d'Auguste le suc d'Euphorbe. Ce suc laiteux, âcre et brûlant, tâche et corrode la peau ; on s'en sert pour détruire les verrues; son surnom de réveil-matin lui vient d'une suite de plaisanteries grossières : certaines personnes du peuple conseillent à ceux qui ont besoin de se lever matin, de se frotter les yeux avec cette plante, avant de se coucher. Si l'on s'y laisse prendre, on ne tarde pas à éprouver des démangeaisons telles, qu'il est impossible de dormir; de la sorte, on est sûr d'être éveillé de bonne heure.

Fédie : *Santé.* Genre valeriane, de *valere* se bien porter; famille des dipsacées; fleurs rosées réunies en bouquets; vertu diurétique, sudorifique, antispasmodique.

Fenouil : *Force.* Plante d'origine exotique aux feuilles deux ou trois fois ailées; tige cylindrique de 1 à 2 mètres; odeur agréable, saveur aromatique. On extrait de ses graines une huile essentielle jaune. Les gladiateurs mêlaient cette plante dans leur nourriture pour se donner des forces. Après les jeux de l'arène, une couronne de Fenouil était placée sur la tête du vainqueur; on s'en sert encore dans quelque pays de l'Allemagne pour assaisonner les légumes et surtout le poisson.

Férule : *Bonne voie.* On a ainsi nommé cette plante du mot latin *feriro*, frapper, à cause de l'usage que les pédagogues faisaient de sa tige dans leurs écoles; la férule est le sceptre des pédagogues, a dit le poëte latin Martial. Malheur à l'écolier qui ne va pas droit, la férule est là pour le châtier et le remettre en bonne voie. Cette plante à fleurs jaunes croît dans le midi de la France et en Italie.

Feuilles vertes : *Espérance.* De tout temps le vert a été consacré à l'espérance, sans doute, dit un auteur, parce que les feuilles nous annoncent les beaux jours.

Feuilles mortes : *Mélancolie, Tristesse.*

I.

De la dépouille de nos bois
L'automne avait jonché la terre;
Le bocage était sans mystère,
Le rossignol était sans voix.

II.

Triste et mourant à son aurore,
Un jeune homme, seul, à pas lents
Parcourait une fois encore
Le bois cher à ses premiers ans.

III.

Bois que j'aime, adieu ! je succombe;
Ton deuil m'avertit de mon sort,

Et dans chaque feuille qui tombe,
Je vois un présage de mort.

IV.

Fatal oracle d'Epidaure,
Tu m'as dit : « Les feuilles des bois
» A tes yeux jauniront encore,
» Et c'est pour la dernière fois!

V.

» L'éternel cyprès t'environne;
» Plus pâle qu'une fleur d'automne,
» Tu t'inclines vers le tombeau.
» Ta jeunesse sera flétrie
» Avant l'herbe de la prairie,
» Avant le pampre du coteau! »

VI.

Et je meurs! De la vie à peine
J'avais goûté quelques instants!
Et j'ai vu comme une ombre vaine
S'évanouir mon beau printemps!

VII.

Tombe, tombe, feuille éphémère,
Et couvre ce triste chemin!
Cache au désespoir de ma mère
La place où je serai demain!

VIII.

Mais, vers la solitaire allée,
Si mon amante échevelée
Venait pleurer quand le jour fuit,
Éveille par ton léger bruit
Mon ombre un instant consolée!

IX.

Il dit, s'éloigne, et sans retour!
Sa dernière heure fut prochaine!
Vers la fin du troisième jour,
On l'inhuma sous le vieux chêne.

X.

Mais son amante ne vint pas
Visiter la pierre isolée;
Et le pâtre de la vallée
Troubla seul du bruit de ses pas
Le silence du mausolée.

MILLEVOYE (*La chute des feuilles.*)

FICOÏDE GLACIALE : *Vos yeux me glacent.* Plante fort curieuse de l'Attique, toute garnie de vésicules transparentes qui la font paraître couverte de glace.

FIGUIER : *Reconnaissance, hospitalité.* Le figuier, originaire de l'Asie et de l'Europe méridionale, est pour l'homme un des plus beaux présents de la nature; aussi le cultive-t-on depuis des siècles. Les figues sont un des fruits les plus agréables; en France, les plus estimées sont celles de la Provence et du Languedoc. Les anciens peuples avaient pour le figuier la plus grande vénération, les Athéniens surtout. Cérès, dit-on, ayant voulu récompenser un Athénien qui lui avait donné l'hospitalité, comme témoignage de reconnaissance, lui fit présent d'un figuier. Plusieurs espèces donnent des fruits deux fois par an. La figue est encore la nourriture la plus ordinaire des habitants de la Grèce, de la Morée et de l'Archipel. On en faisait autrefois une sorte de vin; les figues desséchées sont parmi nous de la plus grande utilité pour les besoins de la vie. La médecine a souvent recours aussi aux figues, pour tisane, cataplasmes, etc.

FLEURS (toutes les). *Tous les sentiments.*

Dans leurs plus légers mouvements
L'observateur voit un présage :
Celle-ci, par son doux langage,
Indique la fuite du temps
Qui la flétrit à son passage.
Sous un ciel encor sans nuage,
Celle-là, prévoyant l'orage,
Ferme ses pavillons brillants,
Et sur les bords d'un frais bocage,
Sommeille au bruit lointain des vents.
Si l'une, dès l'aube éveillée,
S'ouvre et se ferme tour à tour,
L'autre s'endort sous la feuillée,
Et du soir attend le retour,
Pour marquer l'heure de l'amour
Et les plaisirs de la veillée ;
Le villageois, le laboureur,
Y voit le sort de sa journée,
Le temps, le calme, la fraîcheur,
Les biens et les maux de l'année,
Il lit toute sa destinée
Dans le calice d'une fleur.
Livre charmant de la nature,
Que j'aime ta simplicité !
Ta science n'est point obscure,
Tu nous plais par la vérité,
Nous retiens par la volupté,
Et nous charmes par ta parure !
Mais, des plus tendres sentiments
Les fleurs offrent encor l'image ;
Elles sont les plaisirs du sage,
Elles enchantent les amants
Qui se servent de leur langage.
De cet arbre aimable et coquet
La beauté n'est point offensée,
Et souvent son âme oppressée
Confie aux couleurs d'un bouquet

Les doux secrets de sa pensée.
Leur langage est celui du cœur :
Elles expriment la tendresse,
Elles expriment la ferveur
Et tous les désirs de jeunesse.
Sans jamais blesser la pudeur,
L'amant les offre à sa maîtresse,
Et brûle encor, dans son ivresse,
De lui prodiguer le bonheur
Dont un bouquet fait la promesse.

Aimé MARTIN.

N'oublions pas de dire que toutes ces fleurs, si belles, aux parfums fort suaves, deviennent si dangereuses si on les conserve dans les appartements clos; l'expérience est là pour le prouver.

FLEURS D'ABRICOTS : *Charme.*

FLEURS DE CHÊNE : *Force.*

FLEUR DU GRAND SEIGNEUR : Voyez *Centaurée.*

FLEURS IMPÉRIALES : *Ivresse.*

FLEURS DE LIMON : *Constance idéale.*

FLEURS DE MARRONNIER : *Fierté.*

FLEURS D'ORANGER : *Chasteté.* En certains pays, les nouvelles mariées portent un chapeau couvert de fleurs d'oranger.

FLEURS DE LA PASSION : *Douleur d'amour.* Admirable et mystérieuse fleur; son beau cercle de filaments roses, pourpres et violets, représente la couronne d'épines de la Passion de Jésus-Christ; les trois styles sont les clous; les feuilles, terminées par trois pointes, figurent la lance, les vrilles et le fouet. Nous la devons à la brûlante Amérique.

FLEURS DE PÊCHE : *Agrément.*

FLEURS DE POMMIER : *Plaisir durable.*

FLEURS DE VEUVE : *Voyez* SCABIEUSES.

FONTENAILLE : *Fidélité.*

FLOUVE : *Tristesse.*

FOUGÈRE : *Sincérité.* Plante herbacée, vivace. C'est sur la fougère que vont s'asseoir les amants et les buveurs; c'est là que chacun trouve dans l'amour et dans le vin la franche sincérité.

FOULSAPATE : *Amour humble et malheureux.* Dans la chaumière indienne, le pauvre paria offre à sa maîtresse une de ses fleurs, qui servent, aux Indes, à exprimer l'amour humble et malheureux.

FRAGON : *Irascibilité.* Le fragon, vulgairement petit houx. houx frelon, buis piquant, myrte épineux, croît dans les bois montueux des contrées tempérées de l'Europe; feuilles d'un vert foncé, piquantes à leur sommet; fruit d'un beau rouge, de la grosseur d'une petite cerise ; les tiges servent à faire des balais; ses jeunes pousses se mangent comme les asperges. Il est très-propre surtout à garnir le bas des haies, pour fermer toute issue aux poules et aux lapins.

FRAISE : *Bonté parfaite* Le plus délicieux des fruits, dont le jardin des riches n'a pas le monopole. La fraise garde son plus doux parfum et sa plus agréable saveur pour les bois où tout le monde, pauvres comme riches, peut aller la cueillir; celle des nobles jardins ne la vaudra jamais. Admirable économie de la nature; le savant Linné fut guéri de fréquentes attaques de goutte par l'usage des fraises.

I.

Une odorante Fraise, aux rondeurs empourprées,
Sur l'herbe étincelait de teintes diaprées.
A côté de ce fruit, dans le même jardin,
Une immense citrouille, en pompeux étalage,
S'affligeait de ce voisinage
Et s'en plaignait avec dédain :

II.

Fraise, d'où vient, dit-elle, une telle hardiesse?
Peut-on être à ce point dépourvu de sagesse?
Te mettre à mes côtés, c'est très inconvenant.
Nul ne peut approuver le caprice du maître,
Qui, si près de moi t'a fait naître :
Il s'est conduit comme un manant...

III.

La fraise se taisait ; elle baissait la tête,
Et signalait ainsi son caractère honnête.
Tout près de là passa dans ce moment Chloris.
La curiosité la retient et l'attire :
Avec engouement elle admire
La fraise au brillant coloris.

IV.

« Quelle odeur! quels attraits! que de charmes! dit-elle.
Où peut-on rencontrer une chose plus belle?
Quel Dieu t'a donc traitée avec tant de faveur?
Par les soins de Vénus la rose n'est que teinte;
Mais quand par elle tu fus peinte,
Elle te doua de saveur! »

V.

Déjà Chloris s'apprête à cueillir ce miracle;
Et, la citrouille alors lui faisant obstacle,
Chloris jette sur elle un regard de dédain;
Et puis, d'un coup de pied écartant l'orgueilleuse,
Elle porte une main heureuse
Sur la merveille du jardin.

Écrivains qui de vos ouvrages
Vantez l'énorme quantité,

Souvenez-vous donc que les sages
N'estiment que la qualité.

Anatole de MONTESQUIOU.

FRAXINELLE : *Feu*. Plante au feuillage luisant et touffu, aux fleurs blanches ou purpurines en bel épi. A l'aurore et au crépuscule des beaux jours, il sort de la Fraxinelle une huile volatile qui produit autour de la plante un fluide éthéré. A l'approche d'une bougie, ce fluide s'enflamme et parcourt toute la plante sans l'endommager. La Fraxinelle croît dans la partie méridionale de l'Europe.

FRÊNE : *Grandeur*. Le Frêne, dans les contrées tempérées, est un des plus grands arbres de nos forêts; son écorce est unie et cendrée, ses bourgeons noirâtres et obtus; les feuilles sont ailées avec une impaire; les fleurs paraissent au mois d'avril. Dans l'Edda, on représente la cour des dieux se tenant sous un frêne prodigieux, qui de ses branches immenses couvre toute la terre; par son sommet, il touche aux cieux; par ses racines, il pénètre jusqu'aux enfers. De ces mêmes racines coulent deux fontaines, dont l'une cache la sagesse, et l'autre la science des choses à venir.

FRITILLAIRE PINTADE OU DAMIER : *Soins domestiques*. Genre de liliacées dont la corolle est parsemée de petites taches carrées d'un rouge pourpre, vif ou obscur sur un fond vert ou jaunâtre. Ces taches sont disposées en forme d'échiquier ou de damier, dont cette fleur porte le nom; d'autres lui donnent celui de pintade à cause du mélange de ses couleurs.

FRITILLAIRE DE PERSE : *Présomption*. Tige herbacée, fleurs d'un violet bleuâtre, disposées en grappe nue.

FROMENT : *Richesse*. *Voy*. ÉPI DE BLÉ, BLÉ.

FUCHSIA : Arbuste originaire de l'Amérique et de la Nouvelle Zélande; il s'appelle ainsi de Fuch, célèbre naturaliste allemand auquel il avait été dédié par le père Plumier, qui observa le premier le fuchsia à la Nouvelle-Grenade, vers la fin du XVIIe siècle. Le Mexique, le Pérou et le Chili sont presque les seuls pays qui produisent le fuchsia. La culture les a reproduits parmi nous avec des variétés sans nombre ; on le reconnait à ses feuilles alternes, opposées ou verticillées; à ses fleurs pendantes, ordinairement, d'un rouge vif, à sa corolle violacée. Nous parlerons seulement de quelques-uns.

FUCHSIA AMÉDÉE : *Orgueil démesuré.* Fleurs presque globuleuses, pourpre foncé, corolle nuancée de brun.

FUCHSIA BEAUTY OF LEEDE : *Vous êtes bien secondé.* Très-belle variété à fleurs longues, rose tendre.

FUCHSIA CHAMPION : *Philanthropie sans bornes.* Il est dédié à Champion l'*homme au petit manteau bleu.* Fleur cerise-foncé très-grosse.

FUCHSIA CHANDLÉRI : *Accueillez-vous mes vœux.* Charmante variété naine à fleurs globuleuses, rose tendre.

FUCHSIA COMTE DE BEAULIEU : *Complaisance.* Grandes fleurs, rose tendre.

FUCHSIA COMTESSE DE CORNWALIS : *Un jaloux nuira à vos projets.* Calice blanc verdâtre teinté de rose, corolle violacée.

FUCHSIA CONQUESOR : *Envie.* Fleurs rouge-foncé à tube court.

FUCHSIA CONSTELLATION : *La fortune doit vous sourire.* Longues fleurs, rose tendre, à larges grappes.

FUCHSIA COROLLE VERMILLON : *Votre envie sera satisfaite.*

FUCHSIA CORYMBIFLORA DU PÉROU : *Espérez.*

FUCHSIA ÉVELINA : *Aménité d'un cœur sensible.* Fleurs rose lilacé; corolle lilas.

FUCHSIA EXQUISITA : *Beauté.* Fleurs globuleuses, rose-vermillon.

FUCHSIA FLAVESCENS. *Passion vive et désordonnée.* jaune primevère, corolle écarlate.

FUCHSIA FORMOSISSIMA : *Querelle d'amour.* Long tube orange-saumoné, corolle capucine.

Fuchsia Fulgens du Mexique : *On vous aime de tout cœur.*

Fuchsia Gabrielle d'Estrées : *Avarice.* Fleurs carnées, très-longues.

Fuchsia Great-Britain : *Cette entreprise vous sera favorable.* Grandes fleurs, rouge pourpre.

Fuchsia Jeanne-d'Arc : *Courte joie.* Fleurs roses, à tube gros et court.

Fuchsia Leverrier : *Grands revers.* Longues fleurs, rose violacé.

Fuchsia Massina : *Les chagrins seront moins forts que votre courage.* Calice blanc ligné de rose, corolle lilas.

Fuchsia Microphylla : *Vous ne perdez rien à l'attente.*

Fuchsia Nicholsoni : *Mort.* Petites fleurs corail-foncé, très-beau coloris.

Fuchsia one in the ring : *L'on vous trahit dans vos projets.* Calice d'un blanc pur, corolle écarlate pâle.

Fuchsia princesse de Lamballe : *Croyez à votre réussite.* Longue fleur blanc pur, corolle lilas.

Fuchsia roi de Rome : *Mort prématurée.* Calice blanc ligné de rose, corolle cerise.

Fuchsia triomphe de Miellez : *Toutes vos démarches seront vaines.* Calice carné, corolle écarlate-orange.

Fuchsia Vénus Victrix : *Réformez votre fatuité.* Calice blanc-rosé, corolle bleu-violacé.

Fuchsia Wite perfection : *Le sort vous sera contraire.* Calice à long tube blanc pur, corolle orangée.

Fucus : *Instabilité.* Plantes marines que l'on appelle aussi varechs, algues marines ; la mer les charrie et les laisse en se retirant éparses çà et là sur le rivage ; elles sont d'un vert sombre, molles, et servent d'engrais pour la culture des terres.

Fumeterre : *Fiel, amertume.* Cette plante commune parmi nos moissons, a des fleurs purpurines en grappe lâche. Son odeur est désagréable, sa saveur amère.

FUSAIN : *Vos charmes sont tracés dans mon cœur.* Le fusain est ainsi nommé parce qu'il sert à faire des fuseaux. On en extrait aussi un charbon très-léger qui est employé par les peintres et les dessinateurs ; il sert aussi avec le bois de la bourdaine, à la fabrication de la poudre ; enfin, cet arbuste est recherché des sculpteurs et des tourneurs, Il produit un très-bel effet dans nos bosquets d'automne lorsqu'il est chargé de ses beaux fruits d'un rouge éclatant.

GAINIER OU ARBRE DE JUDÉE : *Poltronnerie.* Arbre moyen, venant de la Judée ; grandes et belles feuilles arrondies, fleurs purpurines, d'un rose tendre et quelquefois blanches ; il craint les froids et les lieux humides.

GALANTINES : *Perce-neige.* Charmante petite plante qui développe sa jolie fleur d'un blanc pur tâché de vert, dès le mois de février et de mars, alors que la terre est encore tapissée de neige. Elle vient donc annoncer le réveil de la nature et se montre la Messagère du Printemps. Aussi son symbole est-il : *Annonce, Heureux présage, Premier regard d'amour.*

J'ai sommeillé six mois sous mon voile de neige :
Oh ! que la neige est froide à l'âme d'une fleur !
Mais je pousse ma tête au ciel qui la protége,
Et je *perce* mon voile, et je reprends couleur

Et je cause avec l'air dont je pleurais l'absence,
L'air qui m'étreint d'amour et fait pleurer mon front ;
Pour leurs premiers bouquets les enfants me prendront,
Et l'oiseau réchauffé chantera ma présence !

Mme Desbordes VALMORE.

GALÉGA : *Raison.* Plante vivace de la famille des légumineuses-papilionacées; feuilles lancéolées, fleurs blanches, quelquefois bleues. La médecine, dit M. Aimé Martin, fait usage des sucs de cette plante pour apaiser les transports du cerveau et rappeler la raison qui s'égare.

GARANCE : *Calomnie.* Genre type de la grande famille des Rubiacées; racine longue, rougeâtre; grandes feuilles lancéolées; petites fleurs jaunâtres; baies noirâtres. Cette plante croît dans les contrées chaudes et tempérées, dans les terrains un peu secs. La racine est d'un grand usage pour la teinture. Telle est sa vertu qu'elle colore en rouge chez les hommes et les animaux les os, l'urine, le lait, la bile et jusqu'à la graisse et la sueur.

A voir les dents des agneaux qui ont brouté cette plante, on dirait qu'ils ont fait couler le sang de quelque victime. Ainsi la méchanceté s'appuye sur des apparences trompeuses pour *calomnier* l'innocence même.

GATILIER COMMUN OU AGNEAU CHASTE : *Chasteté.* Arbrisseau fort élégant; feuilles semblables à celles du chanvre; fleurs violettes, purpurines ou blanches; il aime les lieux humides et marécageux et fleurit vers la fin de l'été. « Les » dames d'Athènes, dit Brantôme d'après Pline, pendant » les fêtes des Thesmophories en l'honneur de Cérès, cou» chaient sur des paillasses faites de feuilles d'*Agnus* » *castus,* pour refroidir et ôter tout appétit chaud, et » parce qu'elles voulaient célébrer cette fête en plus grande » chasteté. » On en faisait aussi un sirop connu sous le nom de sirop de chasteté.

GAZON : *Utilité.* Se peut-il trouver une plante plus utile

que l'herbe des vertes prairies? Elle donne à l'homme de quoi se reposer; ses graines nourrissent les petits oiseaux; elle sert de pâture aux animaux et se transforme en lait pour le bonheur de l'homme. Et cette molle herbette, ce gazon si frais ne demandent ni travail ni culture et croissent également par toute la terre.

GENÊT : *Propreté.* Il s'agit ici du genêt à balai, plante aux fleurs d'un beau jaune, presque en épi; elle croit aux lieux incultes et sablonneux, dans les bois; on s'en sert surtout pour les balais de ménage.

GENETTE : *Espérance trompeuse.* Cette plante originaire de nos prairies est cultivée avec soin par les Hollandais qui nous la renvoient, dit M. Aimé Martin, sous les magnifiques noms de Phœnix, de grand soleil d'or, tandis que chez nous le cultivateur après bien des soins s'étonne de voir son espérance trompée et de n'avoir fait naître qu'une genette.

GENÉVRIER COMMUN : *Asile, Secours.* Arbrisseau rustique, hérissé de feuilles aigües et dont les rameaux tortueux sont ramassés en buisson. C'est lui qui met à l'abri du danger le lièvre aux abois; l'odeur forte de sa tige met les chiens en défaut; c'est à lui que la grive confie sa famille, à lui aussi qu'elle demande sa nourriture; enfin ce sont ses rameaux épineux qui couvrent mille insectes brillants dont il semble destiné à protéger la faiblesse. Avec le fruit du Genévrier, on fait la liqueur connue sous le nom d'eau-de-vie du genièvre.

GENIÈVRE (*Fruit du genévrier*) : *J'ai de l'amertume au cœur.*

GENTIANE : *Vous refusez mes soins.* Plante superbe, mais qui, née pour les montagnes semble, se refuser à la culture de nos jardins. Elle ne se plaît et ne donne ses charmes que sur les hauteurs et dans les sols calcaires.

GÉRANIUM : Magnifique plante dont plusieurs espèces sont indigènes et connues sous le nom de bec-de-grue à cause de la ressemblance de leurs fruits avec le bec de cet oiseau. Belles fleurs, feuillages odorants. Son symbole générique est : *Estime.*

Géranium citron : *Caprice.*

Géranium écarlate : *Sottise.* Un des amis de madame de Staël lui ayant présenté un jeune officier russe de la plus aimable figure, la baronne dit mille choses flatteuses au nouveau venu ; mais l'infortuné demeura constamment muet. Fâchée à la fin d'avoir perdu sa peine et son esprit, madame de Staël dit à son ami : En vérité vous ressemblez à mon jardinier qui a cru me faire plaisir en m'envoyant ce matin un pot de géranium ; mais je vous préviens que j'ai renvoyé cette fleur en le priant de ne plus l'offrir à mes regards. — Et pourquoi donc, demanda le jeune homme ébahi? — C'est, Monsieur, que le géranium est une fleur bien vêtue de rouge, — elle charme l'œil, mais si on la presse légèrement, il n'en sort qu'une odeur importune. A ces mots madame de Staël se leva et sortit laissant le jeune sot aussi rouge que la fleur à laquelle il venait d'être comparé.

Géranium musqué : *Causticité.*

Géranium rosé : *Préférence.* On compte un grand nombre d'espèces de géraniums plus ou moins remarquables les uns que les autres ; le rosé se fait préférer entre tous par sa douce odeur, son doux feuillage et la beauté de ses fleurs purpurines.

Géranium triste : *Esprit mélancolique.* Ce charmant géranium aux délicieux parfums, à la parure sombre et modeste fuit la lumière du jour et enchante néanmoins ceux qui le cultivent. Il est parfaitement l'image des esprits mélancoliques.

Germandrée : *Plus je vous vois, plus je vous aime.*

Gérofle : *Dignités.* Le Gérofiier est orignaire des îles Moluques; dans ces îles on porte comme marque de distinction les fleurs du gérofle que nous appelons *clous de girofle* dans le commerce. Un chef qui a deux, trois *gérofles* peut être comparé parmi nous à un seigneur qui a deux ou trois décorations, deux ou trois dignités.

GESSE A LARGES FEUILLES OU POIS A BOUQUET : *Plaisir*. Très-belle plante dont les fleurs s'épanouissent en juillet et août.

GESSE ODORANTE : *Délicatesse, plaisir délicat.* Tout le monde connaît le parfum du pois de senteur.

GIROFLÉE : *Bonheur, sympathie.* Plante bisannuelle du sud de l'Europe ; fleurs simples ou doubles, blanches, rouges, violettes ou couleur de chair ; agréable odeur.

GIROFLÉE DES JARDINS : *Beauté durable.* Moins gracieuse que la rose, moins superbe que le lis, la Giroflée a un éclat plus durable ; toute l'année elle nous offre ses belles fleurs rouges, blanches, violettes ou panachées.

GIROFLÉE DE MAHON : *Promptitude.* Nuance lilas, rose et blanc ; prompte à paraître, prompte à passer.

GIROFLÉE DES MURAILLES : *Fidélité au malheur.* Au règne de la Terreur, la populace se porta à l'abbaye de Saint-Denis pour y briser les tombeaux des rois et jeter leurs cendres aux vents, — les marbres sacrés ne purent éviter ces mains sacriléges ; on en jeta les débris dans une cour obscure ; un poëte allant visiter ces murs désolés les trouva couverts de giroflées. A cette vue il s'écria dans une sainte inspiration :

Quelle est cette fleur que son instinct pieux
Sur l'aile du zéphyre amène dans ces lieux ?
Quoi ! tu quittes le temple où vivent tes racines,
Sensible giroflée, amante des ruines,
Et ton tribut fidèle accompagne nos rois ?
Ah ! puisque la terreur a courbé sous ses lois
Du lys infortuné la tige souveraine,
Que nos jardins en deuil te choisissent pour reine ;
Triomphe sans rivale, et que ta sainte fleur
Croisse pour le tombeau, le trône et le malheur.

TRENEUIL.

Glaciale : (Voyez Ficoïde.)

Gouet commun : *Ardeur*. Plante qui croît dans les bois et les lieux couverts ; feuilles ordinairement vertes ; baies rouges. Le spatin acquiert une si forte chaleur, qu'à une certaine époque, il est impossible de le toucher.

Gouet gobe-mouches : *Piège*. Attirées par la mauvaise odeur de cette plante, les mouches s'engagent dans ses fleurs et n'en peuvent plus sortir ; ainsi le vice se plaît à tendre des piéges grossiers à l'imprudente jeunesse.

Grateron : *Rudesse*. Plante âpre et rude que l'on a peine à bannir de nos champs.

Gratiole ou Herbe au pauvre homme : *Humanité*. Comme son nom l'indique, cette plante est un vrai don de Dieu ; les hommes y trouvent de grandes propriétés médicales. Fleurs d'un blanc jaunâtre, teinte de pourpre ; feuilles lancéolées.

Grenade : *Fatuité, Sottise*. Un homme veut contraindre une taupe à admirer avec lui la beauté d'un bouquet de Grenades ; c'est un ignorant, un sot. C'est à ces traits qu'on a représenté la fatuité.

Grenadier : *Union, Concorde*. Arbrisseau toujours vert, que nous devons à l'Afrique. Feuillage vert foncé ; fleurs d'un rouge éclatant, inodores. Chez les anciens, le fruit du Grenadier était consacré à l'union et à la concorde.

Grenadille bleue : *Foi*. Dans la fleur de la Grenadille se trouvent représentés, comme il a été dit à Fleur de la Passion, les instruments de la Passion du Chrit. La couronne d'épines, le fouet, la colonne, l'éponge, les clous et les cinq plaies. Voy. Fleur de la Passion.

Gueule de Loup : *Politique*.

Gui : *Je surmonte tout*. Le Gui commun est un arbuste parasite qui s'enlace autour des arbres même les plus forts et qui pénètre l'écorce la plus dure ; on assure que le Gui germe partout jusque sur les pierres.

Gui de Chêne : *Superstition*. Le Gui de chêne était sacré

chez nos pères les Gaulois; chaque année, les druides le coupaient religieusement avec une serpette d'or et, après l'avoir consacré, le distribuaient au peuple.

GUIMAUVE : *Bienfaisance.* Douce à son toucher, douce à son aspect, douce surtout en ses effets, la bienfaisante Guimauve est l'amie du pauvre dont elle adoucit les souffrances aux jours douloureux de l'hiver. Elle croît le long des ruisseaux, aux lieux humides.

GUIRLANDE DE FLEURS : *Chaine d'amour.*

GUITTARIN : *Mélodie.*

GYROSELLE *ou* LES DOUZE DIVINITÉS : *Vous êtes ma divinité.* Belle plante aux douze fleurs roses.

HÉLÉNIE : *Pleurs.* Plante au triste souvenir, produite, dit-on, par les larmes d'Hélène. Ses touffes de fleurs jaunes, semblables à de petits soleils, viennent, en automne, décorer nos parterres.

HÉLIOTROPE : *Enivrement. Je vous aime.* Le célèbre Jussieu, herborisant un jour dans les Cordillières, se sentit tout à coup enivré d'un délicieux parfum ; il approche et que voit-il ? Sur un affreux buisson mille petites fleurs s'élevaient radieuses tournées vers le soleil qu'elles semblaient fixer d'un regard d'amour. Aussitôt Jussieu leur donna ce nom et quelque temps après toutes les dames de Paris, éprises d'enthousiasme, donnaient à l'Héliotrope le surnom d'herbe d'amour.

Qui voit ta fleur en boira le poison ;
Elle a donné des sens à la sagesse,
Et des désirs à la froide raison.

Bernis.

Hémérocalle de la Chine : *Persistance*. Fleurs d'un beau bleu violet.

Hépatique : *Confiance*. Jolie fleur qui fait dire à son aurore au jardinier joyeux : semons de confiance, la terre est en amour, car voici l'Hépathique.

Herbe : *Utilité*. Voyez Gazon.

Hêtre : *Prospérité*. C'est le rival du chêne par son port majestueux et l'utilité de son bois. Il croît très-vite; on dit communément, il prospère à vue d'œil. Comme le chêne, on peut l'appeler avec un poëte le roi des forêts.

Cent ans il repoussa la guerre
Des aquilons impétueux ;
Inébranlable et fastueux
Il foulait le sein de la terre;
Son front brûlé par le tonnerre
En était plus majestueux.

Bernis.

Hortensia : *Vous êtes froide*. Bel arbuste offert à la reine Hortense qui lui donna son nom. D'abord l'Hortensia fut acclamé partout; puis, l'enthousiasme passé, on reconnut qu'étant inodore, ce n'était qu'une froide beauté sans esprit, indigne d'occuper la place d'honneur dans nos parterres.

. . . .
Elle peut servir de modèle
A tout cœur fait pour les amours

En lui disant que les beaux jours
Consacrés à la jouissance
Sont perdus quand l'indifférence
Nous laisse désirer toujours.

HOUBLON : *Injustice.* Plante égoïste et cruelle qui accapare et épuise à elle seule le terrain où elle croît; ses tiges sarmenteuses étouffent injustement les arbres et plantes d'alentour. Elle est bien nommée aussi *Loup de terre.*

HOUX (petit) : Voyez FRAGON.

HYACINTHE : *Jeu.* Nous trouvons dans la mythologie qu'Apollon, jouant au palet sur les bords du fleuve Amphrise, tua le bel Hyacinthe. Ne pouvant lui rendre la vie, le dieu le métamorphosa en la plante qui porte son nom. On a obtenu de l'Hyacinthe de nombreuses et belles variétés.

Gentillette
Fleurette,
Ornement des halliers,
Qui gracieuse éclot aux rayons printaniers;
Hyacinthe embaumée,
Auprès de toi le soir,
J'ai vu souvent s'asseoir
Le tendre amant près de sa bien-aimée.

HÉRIDE DE PERSE : *Indifférence.* Plante au vert feuillage, aux corymbes blancs et inodores. Elle ne varie jamais; elle voit passer avec une superbe indifférence la succession des saisons, son aspect demeure le même. On l'appelle aussi *Thlaspi vivace*

If : *Trissesse.* Cet arbre a quelque chose de sombre et inspire des pensées lugubres : son tronc est dépouillé d'écorce, son feuillage n'offre qu'une sombre verdure, son fruit rouge ressemble à des gouttes de sang. De plus, il fait périr les plantes et épuise la terre qui le nourrit.

Immortelle : *A jamais.* Cette plante se cultive dans tous les jardins.

O vous en qui la vanité
Fait préférer à tout la gloire d'être belle.
Retenez bien cette moralité:
La rose nous peint la beauté,
Mais le talent est l'Immortelle.

Mollevaut.

Impériale : *Puissance.* Les fleurs de l'Impériale ressemblent à des Tulipes renversées et se présentent avec un magnifique appareil et un majestueux éclat.

Ipomée : Voyez Jasmin rouge de l'Inde.

Iris : *Message.* Très-beau genre de plante et nombreux en espèces. L'Iris par ses jolies fleurs aux couleurs éclatantes et variées comme celles de l'arc-en-ciel, a mérité le nom de *Messagère des dieux.* La fable nous dit que la belle Iris n'était jamais chargée que de bonnes nouvelles.

Iris blanc : *Ardeur.*

Iris bleu : *Confiance.*

Iris-flamme : *Flamme.* Sur les toits des chaumières allemandes ce bel Iris agité par l'air et doré par les rayons du soleil offre l'aspect d'une flamme éclatante.

> Parmi les biens perdus dont je soupire encore,
> Quel nom portait la fleur... la fleur d'un bleu si beau,
> Que je vis poindre au jour, puis frémir, puis éclore,
> Puis que je ne vis plus à la suivante aurore?
> Ne devrait-elle pas renaître à mon tombeau!
>
> Mme Desbordes-Valmore.

Ivraie *ou* **Zizanie** : *Vice.* Plante malfaisante qui croît au milieu de nos riches moissons : Ainsi le vice croit à côté de la vertu qu'il s'efforce de corrompre. Arrachez l'ivraie, extirpez le vice, mais avec précaution de peur d'arracher en même temps le bon grain et de causer préjudice à la vertu même.

Ixia *ou* **Roue d'Ixion** : *Vous faites mon tourment.* Tout le monde connaît le tourment du malheureux Ixion. La roue qu'il est condamé à rouler éternellement est bien figurée par les fleurs de l'Ixia.

Jacinthe : Voyez **Hyacinthe**. Quelques auteurs distinguent l'Hyacinthe de la Jacinthe et donne à celle-ci le symbole de la Bienveillance à cause de son bénigne aspect et de sa douce odeur.

JALOUSIE : *Méfiance.*

JASMIN BLANC : *Amabilité.* Plante charmante qui a tout pour se faire aimer ; rameaux élégants et légers, fleurs étoilées, parfum suave. Puis le Jasmin se prête à tout ; il s'accomode de tous les terrains et de tous les climats et il accepte toutes les formes qu'il plait à l'homme de lui donner. Belle image des personnes qui savent par leurs vertus et leurs belles manières se faire aimer de tout le monde.

JASMIN D'ESPAGNE : *Sensualité, Volupté.*

JASMIN JAUNE : *Bonheur.*

JASMIN ROUGE DE L'INDE *ou* IPOMÉE ÉCARLATE : *Je m'attache à vous.* Comme les faibles liserons, le Jasmin rouge de l'Inde ou l'Ipomée écarlate a besoin d'un soutien, d'un appui pour ses tiges légères ; en retour cette plante reconnaissante entoure son tuteur et son ami de fleurs et de verdure ; ainsi la vertu faible et timide doit s'attacher à une sainte et solide amitié qui la soutienne et la protége. Un jour aussi elle sera la couronne de cet ami tutélaire.

JASMIN DE VIRGINIE : *Séparation.* Cette belle espèce parmi nous vit comme une étrangère ; elle a perdu son beau ciel de la Floride, et son beau feuillage ne sert plus d'abri à l'oiseau-mouche son favori ; c'est une veuve désolée qu'on a séparée de tendre ami et pour lequel seul elle avait des charmes.

JONC DES CHAMPS : *Docilité.* Le Jonc est commun dans les prés, sa fleur est une des premières que nous donne le printemps. Cette plante se laisse complaisamment travailler et plier par la main de l'homme d'où vient le proverbe : Souple et docile comme un jonc.

JONC MARIN : *Intrigue, Bassesse.*

JONQUILLE : *Désir.* Cette plante et son symbole nous viennent des Turcs ; fleur jaune d'or.

JOUBARBE : *Esprit.*

JUGLANS : Voyez NOYER.

JUJUBIER : *Votre présence adoucit mes peines.* Nous bénissons dans nos rhumes le fruit du Jujubier.

JULIENNE : Belle plante aux fleurs blanches, violettes ou rouges ; c'est au soir qu'elle aime surtout à exhaler ses parfums.

JULIENNE BLANCHE : *Ne nous quittons pas.*

JULIENNE BLANCHE ET VIOLETTE : *Je vais vous quitter.*

JULIENNE DES JARDINS : *Vous recevrez une flatteuse invitation.*

JULIENNE DOUBLE : *Bonheur de vous revoir.*

JULIENNE ROUGE ET LILAS : *Goût des voyages.*

JULIENNE DE MAHON : *Je vous vois avec plaisir.*

JUNIPÉRIUS : Voyez GÉNÉVRIER.

JUSQUIAME : *Défaut.* Dans l'harmonie de la nature, la Jusquiame semble déplacée ; son aspect est repoussant, sa vertu malfaisante ; on peut dire qu'elle est un défaut dans la création.

KAKI *ou* PLAQUEMINIER, grand arbre genre Ébénier : *Solidité.*

KALI : Voyez SALIER.

KALMIE : *Piége à craindre.* Bel arbrisseau de l'Amérique Septentrionale, feuilles oblongues, fleurs roses ou rouges.

KENNÉDIE COUCHÉE : *Élégance.* Plante originaire de la Nouvelle-Hollande; fleur d'un beau rouge, tachée de vert.

KENNÉDIE A GRANDES FLEURS : *Fatuité, Orgueil.*

KENNÉDIE A FEUILLES OVALES : *Extravagance.*

KETHMIE ou HIBISCUS : *Ornement.* Arbuste aux nombreuses espèces qui font toutes l'ornement de nos jardins.

L'abeille inconstante voltige
De fleur en fleur, de tige en tige,
Admirant partout la beauté;
Sans rien perdre, son aile effleure
Le Cytise penché qui pleure
Ou Kethmie en sa majesté.

KING *ou* CINÉRAIRE : *Amour idéal.* Plante dont le duvet est d'un blanc cendré; fleurs jaunes.

KINORHODON : Voyez ÉGLANTIER.

KITAIBÈLE : *Beauté qui s'ignore.* Plante bisannuelle originaire de la Hongrie. Ses feuilles ressemblent à celles de la vigne; grandes fleurs blanches.

LAICHE : *Perfidie.*

LAITUE : *Rafraîchissement.* Herbe potagère qui se mange en salade. Dans les grandes chaleurs de l'été, elle nous rafraîchit agréablement. Les poëtes antiques lui attribuaient la vertu de calmer les feux de la concupiscence; d'après eux, Venus, après la mort d'Adonis, se coucha sur un lit de laitues pour essayer d'apaiser l'ardeur de son amour.

L'AURÉOLE-BOIS GENTIL : *Coquetterie, Désir de plaire.* Plante précoce du printemps; à peine les neiges ont-elles disparu de la terre qu'elle se hâte d'offrir ses belles fleurs rouges et ses parfums suaves. Elle n'épargne rien pour charmer nos regards.

LAURIER : *Gloire.* Chez les Grecs et les Romains le guerrier, l'orateur, le philosophe, le poëte, la Vestale, l'Empereur lui-même aspiraient après la couronne de Laurier.

. . . . . Si mon fruit ne vaut rien,
Du moins ma feuille est immortelle.
Que ton front soit orné par elle,
Tu ne voudras plus d'autre bien.

ANATOLE DE MONTESQUIOU.

LAURIER AMANDIER : *Perfidie*. Douce et brillante verdure qui cache le plus perfide et le plus funeste des poisons.

LAURIER BLANC : *Candeur, Sincérité.*

LAURIER CERISE : *Orgueil, Coquetterie.*

LAURIER D'ESPAGNE : *Désespoir.*

LAURIER THYM. (Voyez VIORNE.)

LAVANDE : *Méfiance*. On croyait jadis que la lavande servait de retraite aux serpents.

LIANES : *Nœuds*. Oh ! soyons tous tendrement unis comme les lianes et que rien ne puisse briser notre amitié solide !

LIERRE : *Amitié*. Comme tous les symboles des doux sentiments se pressent ! Voyez donc cette petite plante qui s'enlace amoureusement autour de l'arbre qu'elle a choisi ; avec lui elle bravera les saisons, elle soutiendra la tempête ; avec lui toujours elle vivra, et si la mort vient frapper son vieil ami, elle se fait son linceuil et ne l'abandonne pas. O hommes, admirons le tendre lierre, admirons, mais imitons.

O toi, douce amitié, viens reçois mon hommage ;
Tu m'as fait dans tes bras goûter de vrais plaisirs ;
Ce dieu tendre et cruel qui m'attend au passage
Ne fait naître que des soupirs !

LILAS : *Première émotion d'amour*. Qui peut demeurer insensible à l'aspect du beau Lilas, si frais, si suave ? C'est la joie, c'est l'amour avec le retour du printemps.

Un voile épais couvre ma vue,
Un feu secret brûle mes sens ;
Au doux repos de mon printemps
Succède une peine inconnue.
Amour, qui perças de tes traits
Un cœur prêt à braver ta rage,
Ah ! flétris, flétris tant d'attraits !
De Corinne l'ardente image,
Rit des combats que j'ai livrés.

Les larmes sont mon seul partage;
Mes yeux, pleurez, pleurez, pleurez!

Lilas blanc : *Jeunesse.* Beau temps du premier âge de la vie. Que tu ressembles bien à ce beau lilas blanc! comme lui tu charmes et tu brilles, mais pourquoi disparais-tu sitôt?

Et, moi, j'ai rafraîchi les pieds de la Madone
De lilas blancs si chers à mon destin rêveur;
Et la Vierge sait bien pour qui je les lui donne:
Elle entend la pensée au fond de notre cœur!

Mme Desbordes-Valmore.

Lilas jaune : *Inquiétude.*

Lilas rosé : *Vanité.*

Lin : *Je sens vos bienfaits.* Et comment oublier ce que nous te devons, ô belle petite plante, sans compter que tu charmes nos regards par ta finesse et ton verdoyant aspect, c'est à toi que nous devons les toiles qui nous couvrent, les dentelles qui nous parent, le papier qui reçoit nos pensées et par qui nous pouvons t'exprimer notre reconnaissance.

J'aime la mer de Saphir
Qu'au versant de nos collines
Tu formes quand tu t'inclines
Sous les baisers du Zéphir.
Oh! j'aime te voir encore
Répandre ces pleurs brillants
Qu'en ton sein verse l'aurore,
Comme de beaux diamants!
Pare le sein de Marie,
Couronne ses cheveux noirs,
Fleur de lin, cent fois plus jolie
Que tes sœurs des riches manoirs.

F. Gozola.

LIS : *Majesté, Innocence.*

> Il est le roi des fleurs dont la rose est la reine.
>
> BOISJOLIN.

Il a été jugé digne de figurer dans les écussons des rois.

LIS DE SIBÉRIE : *Mes intentions sont pures.*

LIS DES INCAS : *Sagesse.*

LIS DU JAPON : *Naïveté.*

LIS FAUVE : Voyez HÉMÉROCALLE.

LIS JACINTHEM : Voyez SCILLE.

LIS JAUNE : *Inquiétude.*

LIS MARTAGON : *Virginité pieuse.*

LIS POMPON : *Pureté enfantine.*

LIS SUPERBE : *Candeur.*

LISERON OU CONVOLVULUS : *Humilité.* Plante agréable qui ne sait point s'élever par elle-même au-dessus de la terre; elle rampe, ou elle emprunte un appui.

> Aimez le Liseron, cette fleur qui s'attache
> Au gazon de la tombe, à l'agreste rocher;
> Triste et modeste fleur qui dans l'ombre se cache
> Et frissonne au toucher!
>
> MURGER.

LUPIN VARIÉ : *Vous rendez le calme à mon âme.*

LUZERNE : *Vie.* Plante fourragère pleine de sève et de vie. Rien de plus beau qu'un champ de luzerne en fleur; c'est comme un immense tapis vert glacé de violet. La luzerne donne une abondante et savoureuse récolte pour les animaux ; elle n'exige aucun soin.

LYCHNIDE COMPAGNON OU JACÉE DES JARDINS : *Je ne puis vous quitter.* Les panicules de la Lychnide sont toujours de deux en deux et semblent ne pouvoir vivre l'un sans l'autre.

LYCHNIDE DE CHALCÉDOINE : Voyez CROIX DE JÉRUSALEM.

LYCOPERDE : *Je veux vous aimer toujours.*

LYCOPODE : *Flamme ardente.*

MOUJON *ou* GLAND DE TERRE : *Prévoyance.* Belle plante à fleur purpurine.

MAHALEB *ou* BOIS DE SAINTE-LUCIE : *Enivrement des sens.* Bois odoriférant.

MANCENILLIER : *Fausseté.* Le fruit du Mancenillier a une grande ressemblance avec une pomme d'Api ; son apparence trompeuse et son odeur suave invitent à le manger; mais il contient un poison violent.

MANDRAGORE : *Rareté.* Plante très-rare à laquelle, jadis, on attribuait des propriétés merveilleuses.

MARGUERITE : *Tristesse, Regrets.* Jolie plante dont on distingue deux espèces, la grande et la petite.

Marguerite, fleur de tristesse,
Je t'aime mieux qu'une autre fleur ;
De ma jeune et blanche maîtresse
Ne m'offres-tu pas la candeur ?
L'auréole qui te couronne
Attire et repose les yeux ;
Le doux éclat qui t'environne
Est l'aimant d'un cœur malheureux !

Mme DESBORDES-VALMORE.

MARGUERITE (GRANDE) (*Marguerite des prés*, *Chrysanthème*) : *J'y songerai.* Belle espèce qui a reçu plusieurs noms, comme on voit; son symbole est un souvenir des temps de la Chevalerie; lorsqu'une dame ne voulait ni accepter, ni refuser les vœux de quelque noble chevalier, elle posait sur son front une couronne de blanches Marguerites; ce qui voulait dire : *J'y songerai.*

Tendres Marguerites des champs.
De toutes les fleurs que l'on cueille
Vos attraits sont les plus touchants,
Et c'est vous seules qu'on effeuille!

ÉTIENNE ARAGO.

MARGUERITE (PETITE) DOUBLE : *Je partage vos sentiments.* C'est encore un souvenir des temps chevaleresques. Quand une noble Dame permettait à son chevalier de faire graver cette fleur sur ses armes, elle s'avouait publiquement à lui et n'ayant d'autres sentiments que les siens.

MARGUERITE (PETITE) : *Innocence.* Jolie plante qu'on appelle aussi *Pâquerette,* parce qu'elle fleurit vers le temps de Pâques, et *Bellis pérennis* (Mignonne perpétuelle), parce qu'elle est en fleurs toute l'année. Tout le monde la connaît et l'admire.

Toi qui de l'Innocence
As toute la fraîcheur,
Délices de l'Enfance
Dont tu sembles la sœur,
Marguerite fleurie,
Honneur de nos vallons,
Comme dans la prairie,
Brille dans nos chansons.

CONSTANT DUBOS.

MARGUERITE (REINE) : *Splendeur.*

Loin des prés solitaires,
Étalant ses attraits,
Reine de nos parterres,
Va briguer des succès !

CONSTANT DUBOS.

MARJOLAINE : *Toujours heureux.*

MARRONNIER D'INDE : *Luxe.* Ce bel arbre étonne par le luxe qu'il déploie ; voyez-le aux Tuileries, contemplez-le au Luxembourg et dites quelle splendeur peut égaler cette belle forme pyramidale, ce magnifique feuillage, ces riches fleurs.

MARSAULT OU PAIN DES ABEILLES : *Lumière, Intelligence.*

MARTAGON : Voyez LIS.

MATRICAIRE : *Passion violente.*

MAUVE : *Sincérité.*

MÉLÈZE : *Audace.* Arbre résineux qui semble vouloir porter jusqu'aux nues son front audacieux ; les naturalistes le nomment le géant des arbres de l'Europe ; il croît sur les plus hautes montagnes, surtout dans les Alpes et les Apennins.

MÉLISSE CITRONNELLE : *Plaisanterie.* Plante qui exhale une agréable odeur de citron et dont la vertu est de calmer les nerfs et d'exciter à la gaieté.

MENTHE POIVRÉE : *Chaleur de sentiment.* C'est à cette plante que nous devons les pastilles qui portent son nom.

MÉNYANTHE : *Calme, Repos.* Belles fleurs blanches teintées de rose ; elles ne s'épanouissent point aux jours orageux ; elles veulent le calme et la tranquillité.

MÉZÉRÉUM : *Caractère contrariant.* Arbuste caustique appelé aussi Lauréole femelle.

MIGNARDISE : *Enfantillage.* Bel œillet qui sert à l'enfance de jouet et de parure.

MILLEPERTUIS : *Oubli.* Les habitants de la Tartarie cherchent dans une infusion de cette plante l'oubli de leurs maux.

Miroir de Vénus : *Flatterie*. Cette plante doit son nom à une fiction fabuleuse d'après laquelle Vénus aurait laissé tomber un de ses miroirs que l'amour aurait changé en la plante de ce nom.

Mogorie : *légèreté d'esprit.*

Molène : *Mollesse, nonchalance.*

Momordique piquante : *Critique*. La critique *mord* et *pique* ceux auxquels elle s'attaque comme la momordique semble mordre et ronger ses semences.

Morée d'orient : *Résistance.*

Morelle douce-amère : *Vérité.* Jolie plante qui orne de ses charmantes fleurs les haies et les buissons. Ses feuilles ont une saveur douce et amère ; ainsi la vérité plaît à l'esprit juste malgré ses amertumes.

Morelle cerisette, ou Pommier d'amour : *Beauté sans bonté.*

Mouron ou Morgeline : *Rendez-vous.* On s'en sert pour retirer des blessures le fer des flèches.

Mousse : *Amour maternel.* Tout passe dans la nature ; les fleurs se flétrissent, les feuilles se détachent ; seule, la mousse reste toujours verdoyante ; ainsi, l'amour maternel survit à tout, même à l'amour, et ne finit jamais.

Heureuse mère ! quelle ivresse
Charmera vos derniers instants !
Que de baisers, que de tendresse
Vous prodigueront vos enfants !

Demoustier.

Muflier ou Mufle de veau : *Présomption.* Plante assez belle, mais qui a le malheur de se présenter trop abondante, comme si elle se jugeait digne de captiver à elle seule nos regards, elle figure bien le présomptueux qu'on voit partout, et qui s'estime fort.

Muguet : *Retour du bonheur.* Jolie plante qui aime le creux des vallons, l'ombre des chênes, le bord des ruisseaux ; son parfum guide le rossignol qui semble s'unir à elle pour annoncer avec le réveil de la nature le retour du bonheur.

Mon Dieu ! que Lise était jolie,
Quand, l'an passé,
Sous les bois, dans l'herbe fleurie,
Où la chercha mon cœur brisé,
Cheveux au vent et voix rieuse,
En fredonnant, libre et joyeuse,
Elle cueillait
Du muguet blanc, du blanc muguet !

MURIER BLANC : *Sagesse.* On dit le sage mûrier, parce qu'il ne se hâte point de développer ses feuilles. Il attend sagement le moment propice.

MURIER A FRUIT NOIR : *Je ne vous survivrai pas.* Touchant souvenir des amours de Pyrame et Thisbé.

Elle tombe, et, tombant, range ses vêtements ;
Dernier trait de pudeur même aux derniers moments.
Les Nymphes d'alentour lui donnèrent des larmes,
Et du sang des amants teignirent, par des charmes,
Le fruit d'un mûrier proche et blanc jusqu'à ce jour,
Éternel monument d'un si parfait amour.

LA FONTAINE.

MUSCARI DU LEVANT : *Désir de plaire.*

MYOSOTIS : *Souvenez-vous de moi.* Ne m'oubliez pas.

Pour exprimer l'amour, ces fleurs semblent éclore !
Leur langage est un mot, mais il est plein d'appas !
Dans la main des amants elles disent encore :
Aimez-moi, ne m'oubliez pas !

AIMÉ MARTIN.

MYROBOLAN : *Privation.*

MYRTE : *Amour.* Charmant arbrisseau au feuillage toujours vert, aux belles et blanches fleurs.

Son immortelle verdure
Embellit tout l'univers,
Et lui prête une parure
Que respectent les hivers.

MYRTILE, RAISIN DES BOIS : *Nouveauté, trahison.* Arbuste dont les baies sont fort recherchées des coqs de bruyères, et qui sont aussi employées dans la teinture.

NAÏADE DES PRÉS : (Voyez COLCHIQUE).

NARCISSE DES POËTES : *Égoïsme.* Belle fleur que l'imagination des poëtes s'est plu à embellir par des fictions fabuleuses. Un adolescent, le beau Narcisse, est épris de sa beauté ; il se contemple, il n'aime que lui. En un certain jour, il vient à se mirer dans le cristal d'une fontaine, et plus que jamais épris de lui-même, il meurt de langueur. Une main divine le transforma en la plante de son nom. Le narcisse a de quoi nous charmer par son odeur suave et sa jolie fleur blanche couronnée d'or à son centre.

Sans doute à ta suave odeur,
A ton éclat, à ta fraîcheur,
Nous devons rendre un juste hommage ;
Mais satisfait de nous charmer,

Si tu semblais moins t'aimer,
On t'aimerait davantage.

CONSTANT DUBOS.

NÉFLIER : *Sombres réflexions.*

NÉMÉSIS FLEURIE : *Légèreté, folie.*

NÉMOPHILE : *Orgueil, amour propre.*

NÉNUPHAR : *Froideur.* Cette plante, qui ne se plaît que dans les eaux, est employée en médecine comme débilitant; mais elle est très-nuisible à l'estomac.

NIGELLE DE DAMAS : (Voyez CHEVEUX DE VÉNUS).

NOBLE ÉPINE : (Voyez ÉPINE).

NOISETIER : *Promenade sentimentale.*

NOMBRIL DE VÉNUS : *Amour clandestin.*

NOYER : *Religion.* Arbre très répandu en Europe, et bien connu par ses fruits précieux.

NYCTÈRE DE L'AMAZONE : *Courage dans le péril.*

NYMPHOEA LOTUS : *Éloquence.* La fleur du nymphœa-lotus a joué un grand rôle chez les Égyptiens, qui l'avaient consacrée au soleil, dieu de l'éloquence. Les rois d'Égypte s'en faisaient des couronnes.

ŒILLET : *Amour vif et pur.* C'est l'œillet des fleuristes, cet œillet que le grand Condé aimait à cultiver de ses mains victorieuses pour se délasser des fatigues de laborieuses campagnes, ce qui fit dire à mademoiselle de Scudéry :

En voyant ces œillets qu'un illustre guerrier
Arrose d'une main qui gagne des batailles,
Souviens-toi qu'Apollon bâtissait des murailles,
Et ne t'étonne plus que Mars soit jardinier.

Tout le monde connaît et admire l'œillet dans toutes ses variétés ; partout il orne nos parterres.

ŒILLET DE DIEU : *Amour divin.* Il doit ce beau nom à sa jolie fleur jaune d'or.

ŒILLET D'INDE : (Voyez TAGET).

ŒILLET DE PARIS : *Coquetterie.* C'est à un jardinier de Paris qu'on doit cette élégante variété.

ŒILLET DES POÈTES : *Vénération, gloire.* Cette espèce se fait remarquer tant par l'éclat de ses belles fleurs touffues que par la finesse et la délicatesse exquise de toutes ses parties.

ŒILLET DE PLUME : *Amour des lettres.*

ŒILLET INCARNAT : *Réciprocité.*

ŒILLET JAUNE : *Dédain.*

ŒILLET MÊLÉ : *Encouragement.*

ŒILLET MIGNONNETTE : *Amour filial.*

ŒILLET PANACHÉ : *Refus d'amour.*

ŒILLET PONCEAU : *Horreur.*

ŒILLET ROSE : *Talent.*

ŒILLET ROUGE : *Énergie.*

Aimable œillet, c'est ton haleine
Qui charme et pénètre mes sens !
C'est toi qui verses dans la plaine
Ces parfums doux et ravissants !
Les esprits embaumés qu'exhale
La Rose fraîche et matinale,
Pour moi sont moins délicieux ;

Et ton odeur suave et pure
Est un encens que la nature,
Élève en tribut vers les cieux !

CONSTANT DUBOS.

OLIVIER : *Paix*. Arbre toujours vert, de la plus précieuse utilité pour l'homme; c'est lui qui nous donne, avec son fruit cette huile si douce que nous appelons huile d'olive. Depuis la plus haute antiquité, les branches de l'olivier ont été données et reçues comme un symbole de paix. Après le déluge, la tradition rapporte qu'une colombe apporta à Noé, dans l'arche, un rameau d'olivier, comme gage de la réconciliation du ciel avec la terre.

Lorsque l'on... aime, on préfère
En secret le myrthe au laurier;
Or, le myrthe ne croît guère
Qu'à l'ombre de l'olivier.

DEMOUSTIERS.

OPHRISE ARAIGNÉE : *Adresse*. La fleur de cette ophrise représente la forme de cet insecte si habile à filer sa toile.

OPHRISE MOUCHE : *Erreur*. La fleur de cette ophrise ressemble tellement à une mouche à miel, qu'on les prendrait facilement l'une pour l'autre.

ORANGER : *Générosité*. Qui ne connaît cet arbre magnifique, dont les fruits d'or séduisent tout à la fois en nous la vue, l'odorat, le goût? Son feuillage est toujours vert, ses fleurs sont d'un blanc éclatant.

J'admire l'Oranger comme un sublime don
Que le Ciel inventa dans sa miséricorde,
Comme un de ces bienfaits que sa clémence accorde
A l'homme en signe de pardon.
De l'utile et du doux c'est l'union féconde;
C'est le consolateur et l'ornement du monde.

ANATOLE DE MONTESQUIOU.

Oreille d'ane : *Sentiment inaltérable.*

Oreille de lièvre : (Voyez Neflier).

Oreille d'ourse : *Séduction*. Magnifique plante du plus séduisant aspect par le mélange, la richesse, les belles nuances de ses fleurs.

Oreille de souris : (Voyez Primevère).

Origan dictame : *Vous seule pouvez guérir mon cœur.*

Cette herbe que le Ciel à nos maux accorda,
Le dictame sacré, poussant de sa racine
La feuille cotonneuse et la fleur purpurine ;
Tout ressent son pouvoir ; et quand le daim blessé
Emporte au fond du bois le trait qui l'a percé,
Suivant et le besoin et son instinct pour maître,
Parmi cent végétaux il sait le reconnaître.

Delille.

Ornithogale a ombelle ou Belle d'onze heures : Cette belle plante développe au milieu des prés et des champs ses fleurs d'un blanc virginal en dedans, d'un beau vert bordé d'un liseret blanc en dehors. La corolle ne s'entrouvre qu'aux rayons du soleil, c'est-à-dire vers onze heures. Son symbole est : *Votre vue cause ma joie.*

Ornithogale épi de la Vierge : *Pureté.* Fleurs nombreuses étoilées, blanches comme du lait, disposées en bel épi conique, en forme de pyramide.

Ortie : *Cruauté.* Il n'est personne qui ne connaisse l'ortie et ses piqûres brûlantes et cruelles.

Je dois subir la destinée
A laquelle on m'a condamnée
Comme l'Épine et le Chardon.
Ainsi que moi la Rose est née
Pour défendre ou pour blesser
La main qui cherche à l'offenser,
Et cette fleur est pardonnée.

Anatole de Montesquiou.

Osier : *Franchise.* Nous savons tous le proverbe : Franc comme l'osier, pour désigner un homme sincère. C'est dans ce sens que Voltaire a dit :

> Le fier et brave Montausier,
> Dont le cœur est franc comme osier.

Osmonde : *Rêverie.* L'osmonde est une des plus belles fougères de l'Europe ; on la voit croître sur les rochers humides ; Mathiole lui attribue la vertu d'inspirer des songes prophétiques.

Oublie grande lunaire : *Oubli.* Genre de crucifères ; fleurs grandes, nombreuses, purpurines. Ses silicules forment une cloison qui, dégagée de ses vulves, ressemble assez à des oublies. Dans la prison où il gémissait, René, duc de Lorraine, peignit une branche d'oublies à ses gens, pour leur reprocher leur indifférence et leur peu d'empressement à le délivrer.

Oxalis : *Joie.* On l'appelle Oxalis alleluia, parce qu'elle fleurit vers les fêtes de Pâques, temps de résurrection et de joie. Chaque soir elle se ferme comme pour se reposer ; chaque matin, elle reparaît joyeuse.

Oxiancantha : (Voyez Épine).

PAILLE BRISÉE : *Rupture.* Jadis, pour exprimer que tous les serments étaient rompus, on avait l'usage de briser une paille; Molière représente cette vieille coutume dans une scène du *Dépit amoureux.*

PAILLE : *Union.* Tant qu'on ne brisait pas la paille, c'était la paix, la concorde, l'union.

PALMIER : *Victoire, Constance dans l'adversité.* Arbre majestueux au feuillage toujours vert; dans l'antiquité il fut consacré aux Muses.

Par des mains bien peu méritantes
Vos rameaux ont été flétris.
Contentez-vous d'orner les tentes
Des vieux défenseurs du pays.
Du palais et du sanctuaire,
De la gloire et de la prière
Redevenez le digne prix.

ANATOLE DE MONTESQUIOU.

PANCRAIN D'ILLYRIE : *Soupçons.*
PAQUERETTE : (Voyez PETITE MARGUERITE).
PARIÉTAIRE : *Misanthropie.*
PARNASSIE : *Mésintelligence.*
PAS D'ANE OU TULLISSAGE : *Entêtement.*

PASSE-ROSE : *Plaisir doux*, *Calme*.

PATIENCE : *Patience*. Plante dont la racine est fort amère; le médecin en use fréquemment. Mademoiselle de Scudéry a dit : la Patience n'est pas la fleur des Français.

> On peut en ce jardin cueillir la Patience,
> De la prendre en amour je n'ai pas la science.
>
> PASSERAT.

PAVOT : *Langueur*. Genre type des papavéracées. Il renferme de nombreuses espèces.

PAVOT BLANC : *Sommeil du cœur*. La graine du Pavot blanc donne une huile que l'on prescrit pour calmer les sens et provoquer au sommeil.

PAVOT MÊLÉ : *Surprise*.

PAVOT NOIR : *Léthargie*.

PAVOT ROSE : *Vivacité*.

PAVOT ROUGE : *Orgueil*.

PAVOT SIMPLE : *Étourderie*.

> Ton pétale écarlate,
> Coquelicot, éclate
> Au sein de nos guérêts;
> Ta couleur est l'emblème
> Du mérite, et je l'aime
> Sur le cœur du Français.
>
> ROBERT DE SENS.

PÊCHE ABRICOTÉE : *Convoitise*. Qui ne convoiterait ce bel et bon fruit, l'un des meilleurs du monde?

PÊCHE ALBERGE JAUNE : *Tromperie amoureuse*.

PÊCHE BOURDINE : *Piété feinte*.

PÊCHE BRUGNON : *Brutalité*.

PÊCHE COMMUNE : *Bonté rustique*. Elle est bonne, mais pas assez pour les goûts délicats qui la laissent aux gens de la campagne.

PÊCHE MADELEINE VIOLETTE : *Repentir*, *larmes d'amour*.

PÊCHE PAVI ROUGE DE POMPONE : *Gaillardise*.

PÊCHE TÉTON DE VÉNUS : *Concupiscence*, *Débauche*.

PÊCHE VIOLETTE : *Grandeur*, *Honneur*.

PENSÉE OU FLEUR DE LA TRINITÉ : *Souvenir*. Jolie petite plante dont la fleur à triple couleur charme nos regards et plonge notre âme dans de mystérieux souvenirs; coloris vif et velouté.

Adieu, douce pensée,
Image du plaisir;
Mon âme est trop blessée,
Tu ne peux la guérir!
L'espérance légère
De mon bonheur
Fut douce et passagère
Comme ta fleur.

Par toi ce que j'adore
Avait surpris mon cœur;
Par toi veut-il encore
Égarer ma candeur?
Son ivresse est passée,
Mais, en retour,
Qu'est-ce qu'une pensée
Pour tant d'amour!

Mme DESBORDES-VALMORE.

PERCE-NEIGE : *Consolation*, *Heureux présage*. (Voy. GALANTINE).

Sous un voile d'argent la terre ensevelie
Me produit ; malgré sa fraîcheur,
La neige conserve ma vie,
Et, me donnant son nom, me donne sa blancheur.

Comtesse DE BRADI.

PERSIL : *Festin*. Grande était jadis chez les Grecs la réputation du persil; dans les banquets, ses rameaux servaient de couronnes comme, plus tard, aux jeux isthmiques des Romains.

Quand j'exerce un utile emploi,
Et quand on dit qu'autour de moi
Quelque bonheur est mon ouvrage,
Il ne me faut rien davantage.

ANATOLE DE MONTESQUIOU.

PERVENCHE : *Doux souvenirs.* Plante vivace des bois à fleurs bleues, que préférait Jean-Jacques Rousseau.

Te souvient-il de cette amie
Tendre compagne de ma vie,
Où dans le bois cueillant la fleur
Jolie,
Hélène appuyait sur mon cœur
Son cœur ?

CHATEAUBRIAND.

PERVENCHE DE MADAGASCAR : *Amitié éternelle.* Fleurs roses et blanches.

PEUPLIER BLANC : *Temps.* Bel arbre qui s'élève à une grande hauteur.

PEUPLIER NOIR : *Courage.* On avait consacré cet arbre au courageux Hercule.

PEUPLIER TREMBLE : *Gémissement.* Son feuillage mobile semble soupirer une plaintive mélodie. On sait que chez les Romains le peuplier s'appelait l'arbre du peuple, parce que le feuillage du peuplier est, comme le peuple, dans un mouvement perpétuel; il décorait toutes les places publiques. En France, dans l'histoire de nos révolutions, il fut l'arbre de la liberté.

PHYTOLACCA OU LAQUE VÉGÉTALE : *Timidité, Honte.* Plante aux fruits rouges.

PIED D'ALOUETTE OU DAUPHINELLE : *Bienfaisance, Amour*

du prochain. La fleur du pied d'Alouette est une papilionacée jaune et brillante; elle est ainsi nommée, parce qu'elle porte sur ses gousses les articulations et les phalanges d'un pied d'oiseau.

PIED DE GRIFFON : (Voyez ELLÉBORE).

PIN : *Hardiesse*. Ce grand arbre nous révèle partout son audace, soit qu'il s'élance jusqu'aux nues pour y baigner sa tête, soit qu'il aime à braver la fureur des vents, soit qu'il aille sur l'Océan affronter les vagues et les tempêtes; c'est un arbre précieux pour les constructions maritimes.

PISSENLIT : *Oracle*. Plante répandue partout et connue aussi sous le nom de Dent de lion; feuilles vertes en forme de rosaces; fleurs dorées. Le Pissenlit est l'oracle des champs. « Leurs fleurs, qui se ferment et qui s'ouvrent à certaines heures, servent d'horloge au berger; et, ses houppes emplumées lui prédisent le calme ou l'orage. » (Aimé MARTIN).

. . . . Un Pissenlit
N'est pas une fleur ordinaire;
Il n'a pas un esprit vulgaire,
Malgré tout ce qu'on a dit.
Il est doué d'un caractère
Qui sait assurer son crédit.
Et l'établir sur toute terre.

ANATOLE DE MONTESQIOU.

PIVOINE SIMPLE : *Honte*. Plante médicinale; sa fleur est d'un rose violent, d'un pourpre cramoisi; mais, dit le père Rapin : « Ce ne sont point les roses de la pudeur qui la colorent, c'est la rougeur qui donne la honte; car cette plante renferme une nymphe coupable. »

PIVOINE DOUBLE : *Éclat*.

PLATANE : *Génie*. Le Platane est majestueux et grand comme le Génie. C'est un des plus beaux arbres connus. Les Grecs, qui le vénéraient, l'avaient consacré aux bons génies et aux plaisirs de l'esprit. Il ornait les jardins de l'Académie d'Athènes où il se développait en magnifiques avenues.

PLUIE D'OR : *Avarice.*

PLUMBAGO : *Bienfaisance.* Plante médicinale employée pour les ulcères et les cancers.

POIRIER : *L'éducation a développé vos bonnes qualités.* Le poirier dans son état sauvage était hérissé d'épines et ne donnait que des fruits âpres; la culture a parfaitement effacé ce double défaut.

POIS DE SENTEUR : *Plaisir délicat.* On lui donne le nom de Gesse odorante, grandes et belles fleurs, roses ou violettes; parfum suave.

Une superbe châtelaine
De son regard observateur.
Parcourant un jour son domaine,
S'approche du Pois de senteur,
Le regarde avec un sourire,
Craint de lui causer du chagrin
En en détachant même un brin,
Le touche, le flaire, l'admire,
L'appelle un miracle des cieux,
Ne peut en détourner ses yeux,
Et comme à regret se retire
En disant : « Il n'est rien de mieux.

ANATOLE DE MONTESQUIOU.

POLÉMOINE BLEUE : *Rupture.* Plante qui nous charme par son beau feuillage et ses jolies fleurs bleues. Son nom signifie guerre et lui vient, nous assure Pline, de ce que plusieurs rois se sont disputé l'honneur de l'avoir trouvée.

POLYGALA : *Ermitage.* Cette plante a des feuilles semblables à celles du buis; elle croît aux lieux élevés et entourait autrefois les demeures solitaires des ermites.

Pomme d'Amour : (Voyez Morelle-Cerisette.) *Beauté sans bonté.*

Pomme de terre : *Bienfaisance.* Doux présent de l'Amérique, la pomme de terre est surtout la bienfaitrice du pauvre.

Pommier (Fleur de) : *Préférence.* Fleur charmante promettant bel et bon fruit ; elle peut être préférée à la Rose. On prétend que la fameuse Pomme d'Or de la fable était le fruit du Pommier. C'est la chute d'une pomme qui conduisit Newton à la découverte du système de la gravitation universelle. C'est aussi la pomme qui donne au Normand sa boisson favorite, *son cidre.*

C'est toi, fils de la pomme, étincelant breuvage,
C'est toi qui sus jadis enflammer le courage
De ces fiers Neustriens, dont le bras indompté
Fit ployer Albion sous leur joug redouté...
Tu sais, en pétillant sur la table enchantée,
Joindre à l'éclat de l'or une mousse argentée ;
La fièvre aux yeux ardents, que rallume le vin,
Abandonne sa proie à ton aspect divin.
L'arbre qui te produit n'occupe pas sans cesse
Les mains du laboureur autour de sa faiblesse :
Il se suffit lui-même, et ses bras vigoureux
Savent bien sans nos soins porter leurs fruits nombreux...
Salut, pommiers touffus qui couvrez la Neustrie !...

Castel.

Primevère : *Première jeunesse.* Jolie petite plante qui vient nous annoncer la fin de l'hiver et le commencement d'une saison meilleure ; *c'est la première fleur du printemps*, comme l'indique son nom.

Printanière : *Jeunesse.*

Prunier : *Tenez vos promesses.* Arbre originaire de la Syrie ; ses fleurs en grand nombre paraissent avant les feuilles comme pour annoncer des fruits abondants; malheureusement il promet souvent plus qu'il ne donne ; il ne rapporte guère qu'une fois en trois ans, à moins que la main d'un habile jardinier ne vienne chaque année retrancher une partie de son luxe inutile. Nous appelons *Prune* le fruit de cet arbre.

PRUNIER SAUVAGE : *Indépendance.*

PRUNE : délicieux fruit du Prunier. Ses espèces sont nombreuses.

PRUNE ABRICOTÉE : *Bonté, Obligeance.*

PRUNE REINE-CLAUDE VIOLETTE : *Politesse, Sociabilité.*

PRUNE DE CATHERINE : *Respectez la vieillesse.*

PRUNE DE COUETSCH : *Fuyez l'oisiveté.*

PRUNE DE DAMAS BLANC : *Sobriété, Tempérance.*

PRUNE DE DAMAS D'AUTOMNE : *Économie, Projet.*

PRUNE DE MONSIEUR : *Bonne foi dans le commerce.*

PRUNE DE REINE-CLAUDE : *Justice, Bonté.*

PRUNE JAUNE HATIVE : *Tenez vos promesses.*

PRUNE PERDRIGON ROUGE : *Reconnaissance.*

PRUNE PRÉCOCE DE TOURS : *Confiance dans l'Amitié.*

PRUNE ROCHE CORBON *ou* DIAPRÉE ROUGE : *Amour de la patrie.*

PRUNE SAUVAGE OU PRUNELLE : *Indépendance.*

PRUNE SUISSE : *Discrétion.*

PRUNE VIRGINALE : *Piété filiale.*

PTÉLÉE TRIFOLIÉE : *Légèreté, Franchise.* Petit arbre de la Caroline; fleurs verdâtres.

PTÉROCARYA A FEUILLES DE FRÊNE : *Sympathie.* Arbre originaire de l'Asie.

PULMONAIRE BLANCHE : *Constance.*

PULMONAIRE BLEUE : *Sincérité.*

PULMONAIRE ROUGE : *Amour violent.*

PYRAMIDALE : *Orgueil.*

PYRAMIDALE BLEUE : *Constance.* Belle plante dont la tige s'élève quelquefois jusqu'à six pieds; de grandes et belles fleurs la garnissent de haut en bas. La couleur de ses jolies pyramides est celle de la constance.

PYROLE A FEUILLES DE POIRIER : *Duperie, Infidélité.* Plante des forêts dont les feuilles ressemblent à celles du poirier.

Cruel, pourquoi m'avoir trahie?
Je t'aimais de si bonne foi !
J'ai tout sacrifié pour toi,
Et c'est toi qui me sacrifie !
Tu m'as condamnée à la mort !
Je te déplais, je suis coupable !
Hélas ! s'il suffisait d'aimer pour être aimable,
Ingrat, je te plairais encor.

DEMOUSTIERS.

QUAMOCLIT CHANGEANT : *Je suis sensible à vos peines* Fleur bleue nuancée de rose.

QUAMOCLIT ÉCARLATE : *Douceur de caractère.* Petites fleurs d'un rouge très-vif.

QUAMOCLIT-JASMIN DE VIRGINIE : *Amabilité.*

QUAMOCLIT POURPRÉ : *Bienfaisance.* Grandes fleurs pourprées en dedans, et violettes en dehors.

QUARANTAINE OU GIROFLÉE JAUNE DOUBLE : (Voyez ce mot.)

Que j'aime à voir la Giroflée
Sur de vieux murs croître et fleurir;
L'apect de ta tige embaumée
Me fait tressaillir de plaisir!
Giroflée, au printemps,
Viens orner la tourelle,
Et que ta fleur nouvelle
Ramène le beau temps!

QUEUE DE LION OU PHLOMIDE : *Inconduite.* Arbrisseau à buisson, fleurs jaunes.

QUEUE DE POURCEAU OU FENOUIL DE PORC OU PEAU CÉDANE : *Bonheur champêtre.*

QUEUE DE RENARD : (Voyez ASTRAGALE).

QUINTEFEUILLE : *Fille chérie.* Dans les temps pluvieux, les feuilles de cette plante se rapprochent, se penchent sur la fleur, et forment une petite tente pour la mettre à couvert. Ne dirait-on pas une tendre mère qui n'est occupée que du soin de préserver une fille chérie?

Elle éprouvait, cent fois le jour,
Ce mélange d'inquiétudes,
D'ivresses, de sollicitudes,
Inséparables de l'amour,
Ses soins étaient plaisirs pour elle:
Les soins de mère sont si doux!...

DEMOUSTIERS.

QUISQUALE DE L'INDE : *Majesté, Puissance.*

Reine-Marguerite : (Voyez Marguerite et Chrysanthème).

Renoncule : *Impatience*. Cette plante est caustique et vénéneuse ; belles fleurs.

Renoncule acre ou Bouton d'Or : *Danger des richesses*. La corolle cache un poison violent.

Vois, mon fils, ce Bouton charmant
Que Zéphir berce de son aile ;
Comme il étale, en s'inclinant,
L'or dont sa corolle étincelle !...
Ce joli bouton satiné,
Qui sourit comme l'innocence,
Recèle un suc empoisonné,
Et souvent blesse l'imprudence.

Constant Dubos.

Renoncule asiatique : *Vous êtes brillante d'attraits*. Ses mille couleurs éblouissent les regards étonnés ; rien de plus riche ni de plus varié.

Renoncule bassinet ou des prés : *Malice, Besoin de nuire*.

Renoncule bouton d'argent, à petits pompons blancs : *Avarice, Méchanceté*.

RENONCULE SCÉLÉRATE : *Ingratitude.* C'est la plus malfaisante de son espèce ; plus on la cultive, plus on la rend mauvaise. Elle figure tristement le cœur bas et criminel de l'Ingrat.

RÉSÉDA ODORANT dit AMOURETTE D'ÉGYPTE : *Vos qualités surpassent vos charmes.* Cette plante est connue de tous ; son odeur suave embaume tous les jardins.

Réséda, plante gracieuse,
Dans ta corolle vaporeuse
Vient se bercer chaque brise du soir ;
Son haleine que tu parfumes,
Sous tes fleurs glisse dans les brumes
Comme l'encens à travers l'encensoir.

ALEX. GUÉRIN.

ROMARIN : *Votre présence me ranime.* Arbrisseau d'un port agréable qui croît sur les rochers, c'est un des principaux ingrédients de la fameuse eau de la *Reine de Hongrie*, préparée par cette reine elle-même, qui prétendait en avoir reçu la formule d'un ange ; cette eau à la vertu de ranimer les esprits et de dissiper les vertiges et les défaillances.

RONCE : *Envie, Soucis.* Arbrisseau nuisible aux autres arbustes épineux ; il croît dans les haies et les bois ; il y a diverses espèces de ronces ; nous ne parlons ici que de la ronce à fruits noirs. Semblable à l'Envie, la ronce ne sait que deux choses : ramper et étouffer si elle le peut tout ce qui l'approche.

. . . Que faites-vous là du matin jusqu'au soir,
De dards cruels toujours armée ?
De vos pauvres voisins la foule est alarmée !
Avec l'abus d'un tel pouvoir
Prétendriez-vous être aimée ?...
Quel plaisir pouvez-vous goûter

Dans cette épine qui déchire,
Qui ne sait que mal inventer,
Et contre tout passant conspire!

ANATOLE DE MONTESQUIOU.

ROQUETTE : *Je brûle.* Plante d'Amérique dont les feuilles sont garnies d'épines très-piquantes qui semblent brûler la main qui les touche.

ROSE : *Beauté, Fraicheur.* Quelle fleur pourrait lui être comparée? Nous avons mille espèces de Rose; toutes elles nous charment par leur éclatante beauté, par leur ineffable fraîcheur; c'est la Reine des fleurs.

Quelle fraîcheur céleste et pure
Embellit ton brillant réveil,
Lorsque ton calice vermeil
S'ouvre et sourit à la nature...
. . . .
De la Beauté sois la parure:
Elle elle a droit de te cueillir;
Et toi seule peux embellir
Le chef-d'œuvre de la nature.

CONSTANT DUBO.

ROSE AGATHE : *Beauté sans parure.* Elle plaît par sa belle simplicité.

Voyez dans cet humble réduit
Cette beauté simple et touchante;
Sa bouche est la Rose naissante
Que le plaisir épanouit.

LE BRUN.

ROSE ANTOINETTE (blanche) : *Doux et éternel souvenir.*
ROSE A CENT FEUILLES : *Grâces.*

Roses, quand vous vous balancez
Gracieuses sur vos tiges,

Près des bosquets où vous croissez
Votre odeur donne un doux vertige !

ÉTIENNE ARAGO.

ROSE BLANCHE ou ALBA : *Silence*, *Intérêt, Innocence.* Le dieu du Silence était représenté tenant un doigt sur la bouche et une rose blanche dans l'autre main. Chez les anciens on sculptait une rose sur la porte de la salle des festins pour avertir les convives qu'ils ne devaient rien répéter de tout ce qui s'y disait.

ROSE BLANCHE avec une rouge : *Feu du cœur.* Le poète Bonnefons envoya à celle qu'il aimait deux roses, l'une blanche et l'autre rouge avec ces quatre vers.

Pour toi, Daphné, ces fleurs viennent d'éclore :
Vois, l'une est blanche, et l'autre se colore
D'un vif éclat : l'une peint ma pâleur,
L'autre mes feux : toutes deux mon malheur.

BONNEFONS.

ROSE (bouton de) : *Cœur innocent.*

Je suis bouton encore, et voudrais être Rose !...
Bois-Joli, mon voisin, que vous êtes heureux !
Votre fleur hivernale est sans prix à mes yeux :
Elle est depuis longtemps éclose !

ANATOLE DE MONTESQUIOU.

ROSE CAPUCINE : *Éclat.* Fleurs jaunes éclatantes du plus bel effet.

Vous dont la gloire est d'être belle,
D'un sexe aimable jeune fleur,
Prenez la Rose pour modèle ;
Son éclat naît de sa pudeur.

DE LAYRE.

ROSE DE BENGALE : *Beauté*, *Fraîcheur.* Apportée en Europe en 1799, elle a été reçue partout avec empressement à cause de sa beauté et de sa durée.

Votre aspect est délicieux ;
Je conçois que l'on vous adore;
Mais vous ne charmez que les yeux.
Je m'en attriste! Je déplore
Une négligence des cieux.
Je trouve vraiment odieux
Qu'une Rose soit inodore...

ANATOLE DE MONTESQUIOU.

ROSE DE CHIEN : (Voyez ÉGLANTINE.)

ROSE DES QUATRE SAISONS : *Beauté toujours nouvelle* Cette Rose dont l'odeur est délicieuse dure toute l'année.

Vous vous fanez avec lenteur,
Et de vos feuilles qu'on exprime
S'échappe une eau dont la senteur
Garde votre parfum sublime!

ÉTIENNE ARAGO.

ROSE DESSÉCHÉE : *Plutôt mourir que de perdre l'innocence.*

— Quoi! si jeune mourir! ô Rose, quel dommage!
— Cessez, ô vains mortels, ce profane langage.
Si j'avais plus vécu, j'aurais eu le chagrin
D'entendre dire avec dédain
Conçoit-on qu'elle ait été Rose?
Au prix de la vertu la vie est peu de chose!

ANATOLE DE MONTESQUIOU.

ROSE détachée de sa tige : *Rupture.*

Aux autres fleurs de son jardin
Corinne préférait la Rose;
Arthur (qu'un enfant est malin!)
La coupe avant que d'être éclose!

Et Corinne, loin d'en gémir,
Comme on gémit en perdant ce qu'on aime,
Lui dit : tu m'as enlevé le plaisir
Que j'aurais pris, Arthur, à te l'offrir moi même.

ZÉNAÏDE B.

ROSE ÉPANOUIE : *Beauté passagère.*

Hélas ! sa beauté passagère
Naît et meurt presque au même instant !
Ainsi s'éteint rapidement
Tout ce qui brille sur la terre !

CONSTANT DUBOS.

ROSE (une feuille de) : *Jamais je n'importune.* Cette Rose rappelle l'histoire du docteur Zeb demandant un jour à entrer à l'Académie d'Amadan dont les statuts étaient ainsi conçus : les Académiciens penseront beaucoup, écriront peu et parleront le moins possible. Le président pour toute réponse fit apporter une coupe qu'il remplit d'eau si exactement que la moindre goutte de plus l'eût fait déborder. Le savant solliciteur comprit que l'Académie était au complet et qu'il n'y avait plus de place pour lui. Sans se déconcerter il prend une feuille de Rose qu'il trouve à ses pieds, la pose doucement sur la coupe sans qu'il s'en échappe une seule goutte. Ce trait ingénieux lui valut la victoire et il fut reçu par acclamation au nombre des Acamiciens silencieux.

ROSE JAUNE : *Infidélité.* On sait que le jaune est la couleur des infidèles ; cette Rose semble être aussi leur fleur.

Si jamais vous cessiez de m'aimer, mon amie,
Moi, qui jusqu'à la mort compte sur votre cœur,
Laissez-moi mon erreur
Pour me laisser la vie.

DEMOUSTIERS.

ROSE MOUSSEUSE : *Amour, Volupté.* Son calice est environné d'une noble et douce verdure, et ses épines sont sans aiguillons.

L'ange dont le plaisir est de soigner les fleurs,
Et qui, pendant la nuit, les trempe de rosée,
Un jour de gai printemps, seul avec sa pensée,
Sur un Rosier goûta du sommeil les douceurs.
A son réveil, il dit : « Que je te remercie,
Toi, le plus cher de mes enfants !
Pour moi ton doux parfum du Ciel est l'ambroisie,
Ton ombrage enivre mes sens !...
Demande donc ; veux-tu quelque chose ? »
— « Oui, dit la Rose :
Un nouvel ornement
Qui soit l'orgueil de la nature. »
En ce moment
La mousse lui servit de modeste parure.

ROSE MUSQUÉE : *Beauté capricieuse.* Plante pleine de caprices à l'odeur fine et musquée.

Ton parfum est celui des Dieux ;
Les pleurs de la Myrrhe et du Beaume
L'ambre et l'odorant cinnamome
N'ont rien d'aussi délicieux.

CONSTANT DUBOS.

ROSE NAINE : *Chagrin de courte durée.*
ROSE PANACHÉE : *Amour trahi.*
ROSE POMPON : *Gentillesse.*

Pare le sein de mon amie,
Rose chérie, aimable fleur,
Qu'elle te donne sur son cœur
La place que chacun envie.

ROSE sans épine : *Confiance.* Cueillez-la sans crainte,

elle veut briller entre vos mains, bien loin de les blesser.

ROSE SIMPLE (blanche) : *Simplicité, Honneur virginal.* La simplicité embellit la beauté même et sauvegarde la pudeur; c'est cette Rose qui était le prix de l'éloquence aux jeux floraux.

ROSE SIMPLE (purpurine) : *Vertu.*

ROSE SIMPLE (rouge) : *Bonheur.*

> Elle était de ce monde, où les plus belles choses
> Ont le pire destin;
> Et Rose, elle a vécu ce que vivent les roses,
> L'espace d'un matin!
>
> MALHERBE.

ROSE TRÉMIÈRE : *Fécondité.* Fleurs nombreuses auxquelles elle doit son emblème :

> Aimable fleur, à peine éclose,
> Méfiez-vous de Cupidon;
> Il regrettera le bouton
> Quand il aura fané la Rose.
>
> HOFFMAN.

Il est encore beaucoup d'autres Roses, plus ou moins connues, ou dont le symbole n'est pas déterminé; nous les terminerons par cette délicieuse pièce de Ronsard.

I

> Mignonne, allons voir si la Rose,
> Qui ce matin avait desclose
> Sa robe de pourpre au soleil,
> N'a point perdu cette vesprée
> Les plis de sa robe pourprée,
> Et son teint au vôtre pareil.

II

> Las! voyez comme un peu d'espace,
> Mignonne, elle a dessus la place

Là, là, ses beautés laissé choir!
O vrayment marâtre nature!
Puisqu'une telle fleur ne dure
Que du matin jusques au soir!

III

Or donc, écoutez-moi, mignonne:
Tandis que votre âge fleuronne
Dans sa plus verte nouveauté,
Cueillez, cueillez votre jeunesse;
Comme à cette fleur, la vieillesse
Fera ternir votre beauté!

RONSARD.

ROSEAU PLUMEUX : *Indiscrétion.* D'après la fable, ces roseaux, agités par le vent, murmuraient sans cesse : Le roi Midas a des oreilles d'âne; secret affreux qu'ils dévoilaient ainsi malheureusement.

ROSEAUX : *Musique.* Le dieu Pan épris d'amour pour la belle Syrinx la poursuivit un jour sur les bords du fleuve Ladon; mais là une main divine la transforma en roseaux; le dieu déçu dans ses espérances coupa plusieurs de ces roseaux d'inégales grandeurs et en fit, dit-on, la première flûte des bergers.

D'où naît cette rigueur extrême?
Pourquoi refusez-vous d'écouter mes serments?
Je suis laid; mais, hélas! est on laid quand on aime?
La beauté véritable est dans les sentiments.

DEMOUSTIERS.

ROSIER : *Il y a tout à gagner avec la bonne compagnie* Un poëte rencontre un jour un beau rosier caché par une touffe de gazon; je m'apprêtais, dit-il, à arracher cette vile plante indigne d'occuper une si belle place, lorsqu'elle me fit cette humble prière : « Épargnez-moi; je ne suis pas rose, il est vrai, mais à mon parfum on connaît au moins que j'ai vécu avec des roses. »

RUDBIÈQUE LACINIÉ : *Tout à vous mon cœur.* Fleurs radiées jaunes.

RUE DES JARDINS : *Mauvais cœur, Marâtre.*

RUE SAUVAGE : *Mœurs.* On croit que c'est la racine de cette plante qui préserva Ulysse du mauvais effet des breuvages de Circé.

RUELLIE ÉLASTIQUE : *Premier aveu.* Fleurs lilas tendre.

RUELLIE MULTIFLORE : *Insouciance.* Fleurs écarlates.

RUELLIE OVALE : *Intrigante.* Grandes fleurs bleues.

SABINE : *Dépit maternel, Haine de la progéniture.* Arbre résineux toujours vert.

SAFRAN : *N'abusez pas.* Employé modérément, il excite à la gaieté, mais il rend fous ceux qui en abusent. De même si on le respire légèrement, il ranime les esprits, il tue si vous vous arrêtez trop à son odeur.

SAINFOIN OSCILLANT : *Agitation.* Plante vivace dont deux folioles sont dans une agitation continuelle; fleurs rouges en épi.

SALICAIRE : *Prétention.* Belle plante à fleurs rouges en longs épis. Elle produit beaucoup d'effet parmi les plantes qui décorent le contour des étangs et le bord des rivières.

SAPIN : *Élévation.* Grand et bel arbre qui aime les froides régions où il s'élève à des hauteurs prodigieuses; il est très-utile pour les constructions. On le trouve en petit sur les tombeaux où il porte assez à la mélancolie.

> Mon destin a quelque mérite:
> Quand l'homme est lassé des travaux,
> Des plaisirs autant que des maux,
> Quand tout le détrompe et le quitte,
> N'est-ce donc pas moi qui l'abrite
> Dans la nuit du dernier repos?
>
> Anatole de MONTESQUIOU.

SAPONAIRE : *Amour voluptueux.* Plante savonneuse à belles fleurs odorantes.

SARDONIE : *Ironie.* Plante assez semblable au persil; elle contient un poison qui a pour effet de contracter la bouche d'une manière si singulière, que le malade semble rire en expirant, *rire sardonique*, rire affreux qu'on retrouve sur les lèvres de Satire et sur celles de la froide Ironie.

SAUGE (PETITE) : *Estime.* On l'estime la plus salutaire des plantes aromatiques et on l'appelle Toute-Bonne.

SAULE PLEUREUR OU DE BABYLONE : *Mélancolie.* Qui ne se rappelle les plaintes mélancoliques des enfants de Juda captifs à Babylone, chantant et pleurant près des Saules étrangers? Sa place est sur les tombeaux avec le cyprès et le sapin.

> Saule cher et sacré, le deuil est ton partage;
> Sois l'arbre des regrets et l'asile des pleurs;
> Tel qu'un fidèle ami, sous ton discret ombrage,
> Accueille et voile nos douleurs!
>
> C. DUBOS.

SCABIEUSE : *Mystère*. Plante à fleurs pourpre foncé.

Et moi, pauvre mortel, débile créature,
Par un torrent de maux sans relâche entraîné,
Jouet de la douleur, jouet de la nature,
Je flotte au gré du sort qui me tient enchaîné!...
Dis, ô ciel : à quoi bon cette frêle existence,
Et ces jours et ces nuits livrés à la douleur,
Si le temps ne doit pas au feu de l'espérance
Rallumer à mes yeux un rayon de bonheur!

Jules BAGET.

SENSITIVE : *Pudeur*, *Sensibilité*. La Sensitive semble craindre la main qui la touche, elle se replie et se referme; si un nuage vient à passer devant le soleil, cette étonnante plante change aussitôt d'aspect.

Auprès de cette fleur pudique
On accourait de loin, pour voir si la chronique
Est bien exacte en son récit,
Pour faire les essais d'une audace perfide
Sur la mobilité timide
De ses tendres rameaux, quand la peur les saisit.
Elle ne reste pas longtemps évanouie :
De ses attraits perdus connaissant tout le prix,
Vite elle se remontre aux spectateurs surpris
Plus fraîche et plus épanouie.

Anatole de MONTESQUIOU.

SERINGAT : *Amour fraternel*. Plante consacrée à Ptolémée Philadelphe.

SERINGAT ODORANT : *Mépris*.

SERPENTAIRE : *Horreur*. Plante qui jette de tous côtés ses tiges hérissées d'épines semblables à des nœuds de serpent.

SERPOLET : *Étourderie*. Petite plante à fleurs odorantes; elle forme un joli gazon.

Silivie : *Je veux vous aimer.*

Siste : *Sûreté.* Plante qui ressemble aux pois chiches. Aristote assure qu'elle a la vertu de préserver des esprits et des fantômes ceux qui la tiennent à la main.

Soleil ou Tournesol : *Fausses richesses.* Plante dont la fleur est une des plus belles et des plus extraordinaires; son disque est entouré de rayons nombreux et ressemble au disque du soleil, d'où lui vient son nom.

Non, tu n'as pas quitté mes yeux,
Et quand mon regard solitaire
Cesse de te voir sur la terre,
Soudain je te vois dans les cieux.

Souci : *Peine, Chagrin.* Plante à fleurs dorées qui semblent suivre le cours du soleil.

Veuve de son amant, quand jadis Cythérée
Mêla ses pleurs au sang de son cher Adonis,
Du sang, naquit, dit-on, l'Anémone pourprée;
Des pleurs naquirent les soucis.

C. Dubos,

Souci pluviatile : *Présage.* Il s'ouvre à sept heures et reste ouvert jusqu'à quatre, si le temps doit être sec; s'il ne s'ouvre point ou qu'il se ferme avant son heure, c'est signe de pluie.

Souci réuni au Cyprès : *Désespoir.*

Spirée ulmaire : *Inutilité.* On reproche à cette plante d'être sans vertu et de n'avoir que la beauté en partage.

Statice ou Gazon d'Olympe : *Grandeurs passées.* Plante vivace; fleurs blanches ou rouges.

Statice maritime : *Sympathie.* Petites fleurs d'un joli bleu en épis.

Stramoine commun : *Déguisement.* Ses feuilles servaient autrefois aux déguisements du carnaval; plante de belle apparence, mais renfermant un poison dangereux.

STYLIDIER glanduleux : *Jalousie.* Petites fleurs jaunes ou rougeâtres extrêmement irritables.

STYPHÉLIE à trois fleurs : *Souvenirs d'amour.*

> Quel doux parfum exhalent vos calices,
> Suaves fleurs qu'obtient un tendre amant!
> Oui, vous ferez pour toujours mes délices :
> Car, de l'amour vous êtes un présent!

SYCOMORE : *Réserve.*

SYLPHIUM : *Jalouse.* Fleurs jaunes semblables à celles du Soleil.

SYLPHIUM ampléxicaule : *Constance.* Les feuilles de cette plante sont renversées.

SYMPHISTUM, GRANDE CONSONDE, OREILLE D'ANE OU LANGUE DE VACHE : *Sang chaud.* Fleurs blanches rosées.

SYMPHORINE à grappes : *Gentillesse.* Fruit blanc de la grosseur et de la forme d'une cerise.

SYMPHORICARPE OU CAMERISIER : *Doux lien.* Genre de chèvrefeuille.

SYSIRINCHIUM OU BERMUDIENNE : *Vous êtes belle.* Fleurs bleues avec spathes colorées.

TAGET ou ŒILLET D'INDE : *Désirs d'amour*. Belles fleurs qui durent longtemps.

Tes bouquets parfumés, tu me les offriras;
Si je t'ai demandé beaucoup de fleurs pour elle,
Va, je reviens encore à mon amour fidèle,
Te demander des fleurs; tu me les donneras.

TAMINIER : *Soyez mon appui*. Il s'appelle aussi racine vierge ou sceau de Notre-Dame. Ses tiges menues réclament un appui qu'elles ornent en retour de leur charmante parure.

TARASPIC ou THLASPI : *Colère*. Plante de diverses espèces.

THYM : *Activité*. Jadis de nobles Dames brodaient sur l'écharpe de leurs chevaliers une abeille bourdonnant autour d'une branche de thym, sa plante favorite. Le parfum du thym fortifie le cerveau et donne aux vieillards de la souplesse et de la vigueur.

Thym, au suave parfum, toujours j'aime à vous voir,
Et je demande à Dieu de bénir votre espoir.
Vous répandez au loin des vapeurs enivrantes
Que les plus grandes fleurs seraient fières d'avoir;

Mais on a de la peine à vous apercevoir,
Car vous êtes petit plus que toutes ces Plantes.

Anatole de MONTESQUIOU.

TILLEUL : *Amour conjugal*. Bel arbre plein de grâce, de douceur, de simplicité, de noblesse qui figure bien les attributs d'une tendre épouse. Magnifique feuillage. Le tilleul nous rappelle Philémon et Baucis.

Baucis devient tilleul, Philémon devient chêne,
On les va voir encore, afin de mériter
Les douceurs qu'en hymen amour leur fit goûter ;
Ils courbent sous le poids des offrandes sans nombre.
Pour peu que des époux séjournent sous leur ombre,
Ils s'aiment jusqu'au bout, malgré l'effort des ans !

LA FONTAINE.

TOURNESOL : *Intrigue*.

TOURNESOL en drapeau : *Astuce*. Plante que les Hollandais nous enlèvent pour faire une sorte de pain par un procédé jusqu'alors inconnu. On se sert de ses couleurs pour reconnaître les substances acides.

Sans faste et sans admirateur,
Tu vis obscure, abandonnée,
Et l'œil cherche encore ta fleur
Quand l'odorat l'a devinée.

TOXICODENDRO : *Empoisonnement*. Plante vénéneuse.

TREMELLE-NOSTOC : *Résistance*. Plante gélatineuse qui semble vouloir résister à tous les efforts et à toutes les recherches des savants.

TROENE : *Défense*. Gentil arbrisseau qui sert à faire des haies; fleurs blanches, baies noires.

TRUFFE : *Surprise*. Plante qui fera toujours l'étonnement et la surprise de l'observateur; elle n'a ni tige, ni racines, ni feuilles. Elle naît et vit sous terre. C'est un excellent comestible.

TUBÉREUSE : *Volupté.* Cette plante vient des Indes; grandes et belles fleurs blanches ; odeur exquise et enivrante. Son huile essentielle sert aux parfumeurs.

> J'avoue avec humilité
> Qu'on souffre quelquefois quand de moi l'on s'approche,
> Mais on est bien dédommagé;
> Parmi les qualités certaines
> Que l'on me suppose, et que j'ai,
> On trouve des plaisirs supérieurs aux peines.....
> — Trompeuse! vos parfums sont semblables aux songes
> Qu'enfante la perversité;
> Et je vois bien à vos mensonges,
> Que vous êtes la Volupté.
>
> Anatole de MONTESQUIOU.

TUBÉREUSE DOUBLE : *Indifférence.*

TUE-CHIEN ou COLCHIQUE. Plante vénéneuse; belles fleurs rouges ou blanches.

TULIPE SIMPLE : *Déclaration, Chasteté.* Magnifique plante qui ressemble au turban des Turcs.

TULIPE DOUBLE : *Amitié constante, Honnêteté.*

> La chose la plus rare est un ami constant,
> Murmure en soupirant
> Lise qu'à mes côtés le même soin amène.
> Ce mot sera ma loi:
> J'allais chercher bien loin ce que j'avais chez moi.

TULIPE DE CELS : *On vous rendra justice.* Fleurs jaunes.

TULIPE DE GESSNER OU DES FLEURISTES : *Plaisirs champêtres.*

TULIPE DE L'ÉCLUSE : *Vertus enfantines.* Fleurs blanches.

TULIPE DRAGONNE FLAMBOYANTE ou MONT-ETNA : *Folie furieuse.*

TULIPE DU DUC DE THOLL : *Dangers des richesses.* Fleu jaunes et rouges.

TULIPE ŒIL DU SOLEIL : *Ce qui brille est faux.* Fleu d'un rouge éclatant.

TULIPE SAUVAGE : *Je vous déteste.* Fleurs jaunes.

TUSSILAGE ODORANT : *On vous rendra justice.* Plante longtemps ignorée dont la fleur parait en hiver et répand une suave odeur.

ULEX ou JONC MARIN ou GENÊT ÉPINEUX : *Gentillesse.* Arbuste hérissé d'épines à nombreuses fleurs jaunes.

ULEX ou NÉPAULE : *Beauté sans fard.* Fleurs jaunes doubles.

ULMUS ou ORME : *Utilité.* Grand et bel arbre d'un précieux usage. Ses feuilles sont dentées inégalement et d'un vert foncé; son bois est fort dur et propre à toutes sortes de travaux.

ULMUS D'AMÉRIQUE : *Mise décente.* Feuilles luisantes et satinées.

ULMUS FAUVE : *Douceur, Amabilité.* Feuilles velues.

ULMUS PANACHÉ : *Fatuité.* Feuilles tachées de blanc.

ULMUS PÉDONCULÉ : *Paresse.* Graines pendantes.

ULMUS SUBÉREUX : *Vétusté.* Écorce crevassée.

ULMUS TORTILLARD : *Commerce agréable.* Fibres contournées.

Tu t'élèves avec fierté,
Et moi, déjà sous les ans je succombe;
Je dormirai sans doute dans la tombe,
Quand tu seras dans ta beauté!...
Sous ton arbre, tranquille Ormeau,
Je trouverai le calme après l'orage;
Et puisse un jour ton fraternel ombrage
Couvrir mon paisible tombeau!

C. DUBOS.

URTICA : (Voyez ORTIE.)

UVULAIRE de la Chine : *Idolâtrie.* Plante vivace; fleurs d'un rouge brun, pendantes.

VALÉRIANE ROUGE : *Facilité.* Grande plante vivace, venue des Alpes. Elle croît partout facilement; son port rustique, sa parure brillante mais un peu négligée, tout annonce en elle l'aisance et la facilité.

VÉRONIQUE : *Fidélité.* Plante à nombreuses espèces; fleurs bleues; fruits en cœur.

Souvent, Véronique éphémère,
Un souffle léger de ton père
Suffit pour emporter ta fleur.
Demain nous chercherons peut-être
Ce frêle éclat qui nous séduit :
Un jeu du zéphyr t'a fait naître,
Un jeu du zéphyr te détruit.

Mme Amable TASTU.

VERVEINE : *Enchantement.* Plante au feuillage vert et sombre, aux fleurs purpurines; elle entrait jadis dans la composition des philtres et servait beaucoup, dit-on, aux enchantements magiques. Chez les Druides, comme chez les Grecs, c'était l'*Herbe sacrée.*

VIGNE : *Ivresse.* On se rappelle que le premier qui planta la Vigne fut Noë qui ignorant la vertu de son fruit, tomba dans un état d'ivresse après en avoir fait usage. Aussi chez les païens, la Vigne était elle consacrée à Bacchus, le dieu du vin.

Le nectar de mes fruits sait plaire,
On dit que j'égare parfois,
Mais j'en doute, et même je crois
Que je suis toujours salutaire
Aux esprits qui suivent mes lois.
Si vous interrogez l'automne,
Elle vantera mon nectar
Et tous les plaisirs que je donne
Au jeune homme ainsi qu'au vieillard.

Anatole de MONTESQUIOU.

VILGILIER : *Adoption.* Nouvel arbre importé en France et adopté dans nos jardins.

VIOLETTE : *Modestie, Mérite caché.* Qui ne connaît la jolie petite violette et son parfum suave?

O Fille du printemps! douce et touchante image
D'un cœur modeste et vertueux,
Du sein de ces gazons tu remplis le bocage
De tes parfums délicieux!
Que j'aime à te chercher sous l'épaisse verdure
Où tu crois fuir mes regards et le jour!

Mme BEAUFORT D'HAUTPOUL.

VIOLETTE BLANCHE : *Candeur, Innocence, Modestie.*

Aimable fille du printemps,
Timide amante des bocages,
Ton doux parfum flatte mes sens,
Et tu sembles fuir mes hommages!

C. DUBOS.

VIOLETTE BRUMEAU OU TRICOLORE : *Votre simplicité me plaît.*

Franche d'ambition, je me cache sous l'herbe,
Modeste en ma couleur, modeste en mon séjour;
Mais si sur votre front je puis me voir un jour,
La plus humble des fleurs sera la plus superbe.

DESMARAIS.

VIOLETTE DOUBLE : *Amitié réciproque.*

Sur la trace de ma bergère,
Naissez, croissez, aimables fleurs;
Puisque Laurette vous préfère,
La rose a perdu ses honneurs.

BÉRANGER.

VIOLETTE PALMÉE : *J'aime votre modestie.*

. . . . . Dans tes bosquets
Reste ô violette chérie!
Heureux qui répand des bienfaits
Et comme toi cache sa vie!

C. DUBOS.

VIOLETTE DE PARME : *Laissez-moi vous aimer.*

Rassure-toi : même à la cour,
La bergère sait plaire encore ;
On aime l'éclat d'un beau jour,
Et les doux rayons de l'aurore!

C. DUBOS.

VIOLETTE ROUGE : *Je fuis la louange.*
VIOLETTE VIOLET-CLAIR : *Laissez-moi mon obscurité.*

L'obscure violette, amante des gazons,
Aux pleurs de la rosée entremêlant ses dons,
Semble vouloir cacher sous leurs voiles propices
D'un prodigue parfum les discrètes delices!
C'est l'emblème d'un cœur qui répand en secret
Sur le malheur timide un modeste bienfait.

VIOLETTE PANACHÉE : *Mélancolie.*

Ton calice rayé dans la perle qui brille,
Comme un diamant pur sous un rayon de jour,
Est beau de la beauté d'un œil de jeune fille
Mouillé des premiers pleurs qu'elle donne à l'amour.
Simple violette des bois,
Sur toi j'aime à rêver,
J'aime à rêver,
Timide fleur, quand je te vois.

VIOLIER : *Attachement.* Espèce de Giroflée jaune.

VIORME-LAURIER-THYM : *Je meurs si on me néglige.* Joli arbuste venu d'Espagne qui se plaît à nous prodiguer, même en hiver, l'éclat de sa verdure et de ses fleurs, mais qui réclame des soins assidus.

Mes bienfaits ont trouvé leur prix ;
Sa reconnaissance féconde

Charme ces lieux loin à la ronde
Par les parfums les plus exquis.

Anatole de MONTESQIOU.

VIPÉRINE : *Justice*. Plante d'agréable aspect ; ses semences ont la forme d'une tête de vipère.

VITEX : (Voyez GATILIER.)

VOLCAMIER du Japon : *Acceptez mon cœur*. Grandes fleurs odorantes.

VOLUBILIS : *Caresses*. Magnifique plante appelée aussi Ipoméa pourpré.

De nos bosquets aimable souveraine,
Fleur que choisit la volupté,
Croise les nœuds de ta flexible chaîne
Sur ce berceau que j'ai planté.
Étends sur lui ton caressant feuillage,
Et par tes fleurs ajoute tous les jours
A ce riant et pur ombrage
Que je réserve à mes amours.

J. BAGET.

WACHENDORF : *Dépit*. Plante bulbeuse du Cap, grandes fleurs jaunes en Thyrse.

WACHENDORF GRAMINÉE : *Brouille, Fâcherie.*

WATSONIE ROSE : *Trahison.* Les fleurs forment une longue grappe en entonnoir.

WESTRINGIE : *Ruses, Intrigues.* Feuilles semblables à celles du romarin, fleurs blanches.

WITSÉNIE en Corymbe : *Méfiance.* Fleur bleue qui dure longtemps.

WITSÉNIE (Grande) : *Crainte motivée.*

XANTOCHYME : *Orgueil.* Arbre superbe, qui est aussi appelé Arbre des Teinturiers.

XÉRANTHÈME OU IMMORTELLE : *Constance éternelle.*

> O toi que l'amitié fidèle
> Réclame pour son attribut,
> Fleur simple et durable comme elle,
> Préside aux accords de mon luth!
> Symbole heureux de la constance,
> Qand je te chante, inspire-moi;
> Et puisse, pour ma récompense,
> Mes vers durer autant que toi!
>
> C. DUBOS.

XYLOSTÉON : (Voyez CHÈVREFEUILLE OU SYMPHORICARPE.)

XIMÉNÉSIE : *Tentation*. Plante à fleurs d'encélie; fleurs jaunes.

XIPRIDE : *Union parfaite*. Plante vivace de l'Inde ; grandes feuilles, fleurs blanches.

XYLOPHYLE : *Amour maternel*. Arbrisseau de Panama; fleurs rouges, feuilles arquées en faulx.

YÈBLE ou SUREAU commun : *Vous me consolez de toutes mes peines*. Plante très-répandue et d'une grande vertu médicinale.

YÈBLE DE CANADA : *Ennui, Sottise*.

YÈBLE A GRAPPES : *Caquet, Bavardage*.

YEUSE : (Voyez CHÊNE.)

YPRÉAU : *Poltronnerie*. Faux Tremble.

YUBAN ou MAGNOLIER : *Vous êtes belle et bonne*. Fleurs blanches bordées de carmin.

YUCCA ou GLORIEUSE : *Goût des voyages lointains*. Grand et bel arbuste assez semblable au Palmier.

Zauia horrible : *Horreur*. Plante d'Afrique du plus singulier aspect.

Zamia cicadifolia : *Attaque nocturne.*

Zamia nain du Cap : *Mort d'un ami intime.*

Zamia en spirale de la nouvelle Hollande : *Mépris public.*

Zanthorrize : *Douce espérance*. Arbuste de la Caroline, feuilles semblables à celles du persil, fleurs pourpres.

Zéphyrante : *Veuvage*. Plante de la Havane; grandes fleurs rose foncé.

Zéphyrante blanche : *Jeunesse*. Fleurs layées de rose au sommet.

Ziéric trifolicé : *Amitié fidèle*. Petites fleurs blanches teintées de rose.

Zigophillum ou Fagabelle : *Amour fraternel*. Fleurs rougeâtres.

Zinnia : *Faux éclat*. Belle plante à fleurs jaunes ou rouges.

Ziziphus ou Jujubier : *Désir*. Rameaux épineux, fleurs jaunes.

Ziziphus de Chine : *Maladie, Fièvre*. Tiges grêles.

Ziziphus dit Sativa : *Dessein de ruine*. Rameaux et baies rouges.

ZIZIPHUS LOTUS : *Discorde, Querelle.* Fruits jaunes.

ZOÉGÉA ou ZOÉGÉE d'Orient : *Jalousie, Mauvais ménage, Amour clandestin.* Fleurs jaunes.

Lecteurs, voilà des Fleurs le doux langage,
Dont chaque jour en Orient,
L'amour fait un commun usage
Et lui rend son plus tendre hommage!
C'est un code adroit et riant,
Qui secrètement nous enflamme,
Et sur ses fragiles feuillets
Dit, en caractères secrets,
La joie et les peines de l'âme !...

SYMBOLISME

DES PLANTES ET DES FLEURS

TABLE MÉTHODIQUE

A

Abandon : Anémone.
Abondance : Épi de froment.
Absence : Absinthe.
Acceptez mon coeur : Valcamier du Japon.
Accord : Alisier.
Accueillez-vous mes voeux : Fuchsia Chanderi
Activité : Thym.
Adresse : Oprhise araignée.
Adoption : Vilgilier.
Affabilité : Bon-Henri.
Agitation : Sainfoin oscillant.
Agrément : Fleurs de pêcher.
Aigreur : Épine-vinette. — Coca.
A jamais : Immortelle.
Alarme d'un coeur sensible : Belle de nuit

AMABILITÉ : Jasmin blanc. — Quamoclit-Jasmin de Virginie. — Ulmus fauve.

AMÉNITÉ D'UN CŒUR SENSIBLE : Fuchsia évélina.

AMERTUME : Absinthe. — Fumeterre.

AMITIÉ : Lierre.

AMITIÉ CONSTANTE : Tulipe double.

AMITIÉ ÉTERNELLE : Pervenche de Madagascar.

AMITIÉ FIDÈLE : Liéric trifoliée. — Attriplex.

AMITIÉ RÉCIPROQUE : Violette double.

AMOUR : Myrte.

AMOUR CACHÉ : Clandestine.

AMOUR CLANDESTIN : Amarella. — Nombril de Vénus.

AMOUR CONJUGAL : Tilleul.

AMOUR DE LA PATRIE : Prune Roche-Corbon.

AMOUR DES LETTRES : Œillet de plume.

AMOUR DIVIN : Œillet de Dieu.

AMOUR DU PROCHAIN : Pied d'alouette.

AMOUR FILIAL : Œillet mignonnette.

AMOUR FRATERNEL : Seringat. — Zigophillum.

AMOUR HUMBLE ET MALHEUREUX : Foulsapate

AMOUR IDÉAL : King ou Cinéraire.

AMOUR MATERNEL : Xylophyle. — Mousse.

AMOUR PATERNEL : Eupatoire.

AMOUR PLATONIQUE : Acacia.

AMOUR PROPRE : Némophile.

AMOUR TRAHI : Rose panachée.

AMOUR VIF ET PUR : Œillet.

AMOUR VIOLENT : Pulmonaire rouge.

AMOUR VOLUPTUEUX : Saponaire.

AMOURETTES : Amaryllis.

AMOUREUSE LANGUEUR : Barbeau des jardins.

AMUSEMENT FRIVOLE : Baguenaudier.

ARDEUR : Balsamine rouge. — Gouet commun. — Iris blanc.

ARRIÈRE-PENSÉE : Aster.

ARTIFICE : Clématite. — Crapaudine.
ARTS (Culte des) : Acanthe.
ASTUCE : Tournesol en drapeau. — Astrance.
ATTACHEMENT : Campanule. — Violier.
ATTAQUE NOCTURNE : Zamia cicadifolia.
AUDACE : Mélèze.
AUSTÉRITÉ : Chardon.
AVARICE : Fuchsia Gabrielle d'Estrées. — Pluie d'or.
ASILE : Genévrier commun.

B

BEAUTÉ : Fuchsia exquisita. — Rose. — Rose de Bengale.
BEAUTÉ CAPRICIEUSE : Rose musquée.
BEAUTÉ DURABLE : Giroflée des jardins.
BEAUTÉ PASSAGÈRE : Rose épanouie.
BEAUTÉ NAISSANTE : Bouton de rose.
BEAUTÉ QUI S'IGNORE : Kitaibèle.
BEAUTÉ SANS BONTÉ : Morelle cerisette. — Pomme d'amour.
BEAUTÉ SANS FARD : Népaule.
BEAUTÉ SANS PARURE : Rose agathe.
BEAUTÉ TOUJOURS NOUVELLE : Rose des quatre saisons.
BASSESSE : Cuscute.
BAVARDAGE : Clochette.
BIENFAISANCE : Baume. — Guimauve. — Pomme de terre. — Plombago. — Pied d'alouette. — Quamoclit pourpré.
BONNE ÉDUCATION : Cerisier.
BONNE FOI DANS LE COMMERCE : Prune de Monsieur.
BONNE INTELLIGENCE : Alisier.
BONNE VOIE : Férule.
BONHEUR : Armoise commune.
BONHEUR : Giroflée. — Jasmin jaune. — Rose rouge simple.
BONHEUR DE VOUS REVOIR : Julienne double.
BONHEUR D'UN INSTANT : Éphémérine de Virginie.
BONHEUR CHAMPÊTRE : Queue de pourceau.

BONTÉ : Bon Henri. — Prune abricotée.
BONTÉ PARFAITE : Fraise.
BONTÉ RUSTIQUE : Pêche commune.
BROUILLE : Wachendorf graminée.
BRUSQUERIE : Bourrache. — Bétoine.
BRUTALITÉ : Brugnon.

C

CALOMNIE : Boule de neige. — Garance.
CANDEUR : Anémone. — Laurier blanc. — Lis superbe.
CAPRICE : Géranium citron.
CAQUET : Clochette. — Yèble à grappes.
CARACTÈRE CONTRARIANT : Mézéréum.
CARESSES : Volubilis.
CAUSTICITÉ : Géranium musqué. — Dentelaire.
CALME : Ményanthe.
CHALEUR DE SENTIMENT : Menthe poivrée.
CE QUI BRILLE EST FAUX : Tulipe œil de soleil.
CETTE ENTREPRISE NOUS SERA FAVORABLE : Fuchsia Great-Britain.
CHAGRIN DE COURTE DURÉE : Rose naine.
CHAGRINS : Aloès. — Souci.
CHAINE D'AMOUR : Guirlande de fleur.
CHANGEMENT DE POSITION : Ellébore.
CHARMES : Fleurs d'abricot.
CHARME DU MONDE : Carthame.
CHASTETÉ : Fleurs d'oranger. — Gatilier commun.
CŒUR INNOCENT : Bouton de rose.
COMMERCE AGRÉABLE : Ulmus tortillard.
COMPLAISANCE : Fuchsia comte de Beaulieu.
COLÈRE : Thlaspi.
CONFIANCE : Hépatique. — Iris bleu. — Rose sans épines.
CONFIANCE DANS L'AMITIÉ : Prune précoce de Tours.
CONFIANCE IMPRUDENTE : Anémone hépatique.

CONSOLATION : Coquelicot. — Perce-neige.

CONSTANCE : Amarante. — Pulmonaire blanche. — Pyramide bleue. — Sylphium amplexicaule.

CONSTANCE ÉTERNELLE : Xerantème ou Immortelle.

CONSTANCE IDÉALE : Fleurs de Simon.

CONCUPISCENCE : Pêche téton de Vénus.

CONVOITISE : Pêche abricotée.

COQUETTERIE : Asclepias. — Belle de jour. — Bonne dame ou Arroche. — Œillet de Paris. — Lauréole.

COURAGE : Peuplier noir. — Arrête-Bœuf.

COURAGE DANS LE PÉRIL : Nyctère.

COURTE JOIE : Fuchsia Jeanne-d'Arc.

CRAINTE MOTIVÉE : Witsémie (grande).

CRITIQUE : Momordique.

CROYEZ A VOTRE RÉUSSITE : Fuchsia princesse Lamballe.

CRUAUTÉ : Ortie.

D

DANGER DES RICHESSES : Renoncule âcre ou Bouton d'or. — Tulipe du duc de Tholl.

DÉBAUCHES : Ambroisie.

DÉCEPTIONS GALANTES : Amaryllis.

DÉCLARATION : Tulipe simple.

DÉCLARATION DE GUERRE : Belvédère.

DÉDAIN : Œillet jaune.

DÉFAUT : Jusquiame.

DÉFENSE : Troëne.

DÉGUISEMENT : Stramoine.

DÉLICATESSE : Bleuet-Barbeau. — Gesse odorante.

DÉLIVRANCE : Aneth.

DÉPIT : Wachendorf.

DÉPIT MATERNEL : Sabine.

DÉSESPOIR : Laurier d'Espagne. — Souci réuni au Cyprès.

DÉSIRS : Azerole. — Jonquille. — Ziziphus ou Jujubier.

Désirs d'amour : Taget ou Œillet d'Inde.
Désir de correspondre : Citronnier.
Désir de plaire : Muscari du Levant.
Dessin de ruine : Ziziphus dit Sativa.
Deuil : Cyprès.
Dévouement : Agrimoine.
Difficulté : Épines noires.
Dignité : Girofle.
Discorde : Ziziphus lotus.
Discrétion : Capillaire. — Prune suisse.
Dissimulation : Astrame.
Distraction : Cresson.
Docilité : Jonc des champs.
Douce espérance : Zanthorrize.
Douceur de caractère : Quamoclit écarlate.
Douceur enfantine : Avelinier.
Douleur : Aloès. — Citronnelle.
Douleur d'amour : Fleurs de la passion.
Doux lien : Symphoricarpe.
Doux souvenir : Pervenche.
Doux et éternel souvenir : Rose Antoinette.
Duperie : Pyrole.
Durée : Cornouiller sauvage.
Durée de sentiments : Cyclamen.

E

Éclat : Doronic. — Pivoine double. — Rose capucine.
Économie : Érable. — Prune de Damas d'automne.
Égoïsme : Narcisse des poëtes.
Élégance : Kennédie couchée.
Élévation : Sapin.
Éloquence : Nymphœa lotus.
Émotion d'amour : Célidoine.
Empêchement : Bugrame.

EMPOISONNEMENT : Toxicodendro.
EMPORTEMENT : Balsamine violette.
ENCHANTEMENT : Verveine.
ENCOURAGEMENT : Œillet mêlé.
ÉNERGIE : Œillet rouge.
ENFANTILLAGE : Mignardise.
ÉNIVREMENT DES SENS : Mahaleb.
ÉNIVREMENT : Héliotrope.
ENNUI : Yèble du Canada.
ENTÊTEMENT : Pas d'âne.
ENTRAVE : Bugrame.
ENVIE : Aspic. — Fuchsia conquesor. — Ronce.
ERMITAGE : Polygala.
ERREUR : Coqueret. — Ophrise mouche.
ESPÉRANCE : Aubépine. — Feuilles vertes.
ESPÉRANCE TROMPEUSE : Genette.
ESPÉREZ : Fuchsia corymbiflora du Pérou.
ESPRIT : Joubarbe.
ESPRIT MÉLANCOLIQUE : Géranium triste.
ESTIME : Petite Sauge. — Géranium.
ÉTOURDERIE : Serpolet. — Pavot simple. — Amandier.
EXTASE : Angélique.
EXTRAVAGANCE : Kennédie à feuilles ovales.

F

FACILITÉ : Valériane rouge.
FAIBLESSE : Adoxa muscateline.
FATUITÉ : Grenade. — Kennédie à grandes fleurs. — Ulmus panaché.
FAUSSES RICHESSES : Soleil.
FAUSSETÉ : Mancenillier.
FAUX ÉCLAT : Zinnia.
FÉLICITÉ : Armoise commune. — Centaurée.
FÉCONDITÉ : Ameos ou Ammi. — Rose trémière.

Festin : Persil.
Feu : Fraxinelle.
Feu d'amour : Capucine.
Feu du cœur : Rose blanche avec une rouge.
Fidélité : Fontenaille. — Véronique.
Fidélité a toute épreuve : Croix de Jérusalem.
Fidélité au malheur : Giroflée des murailles.
Fiel : Fumeterre.
Fierté : Argentine. — Couronne impériale. — Fleurs de maronnier. — Lys du Japon noir, Amaryllis.
Fille chérie : Quintefeuille.
Flatterie : Miroir de Vénus.
Flamme : Iris-Flamme.
Flamme ardente : Lycopode.
Folie : Ancolie.
Folie furieuse : Tulipe dragonne.
Foi : Grenadille bleue.
Force : Chêne. — Fenouil. — Fleurs de chêne.
Fortune : Blé.
Fraicheur : Rose.
Franchise : Osier.
Frivolité : Brise tremblante.
Froideur : Agnus castus. — Nénuphar.
Frugalité : Chicorée.
Fuyez l'oisiveté : Prune de Couetsch.

G

Gaillardise : Pêche Pavi rouge.
Galanterie : Bouquet.
Gémissement : Peuplier tremble.
Générosité : Oranger.
Génie : Platane.
Gentillesse : Rose-Pompon. — Symphorine. — Ulex.
Gloire : Barbe de Jupiter. — Laurier.

Gout des voyages : Julienne rouge et lilas.
Gout des voyages lointains : Yucca ou Glorieuse.
Graces : Rose à cent feuilles.
Grandeur : Frêne. — Pêche violette.
Grandeurs passées : Statice.
Grands revers : Fuchsia Leverrier.
Grosseur : Citrouille.
Guerre : Achillée.

H

Haine : Apocym.
Haine implacable : Basilic.
Hardiesse : Pin.
Heureux présage : Galantine. — Perce-neige.
Honneur : Barbe de Jupiter.
Honte : Pivoine simple.
Horreur : Œillet ponceau. — Serpentaire. — Zania horrible.
Hospitalité : Chêne. — Figuier.
Humanité : Gratiole.
Humilité : Liseron.

I

Idolatrie : Uvulaire de la Chine.
Il y a tout a gagner avec la bonne compagnie : Rosier.
Immortalité : Amarante. — Éternelle.
Impatience : Balsamine. — Renoncule.
Inspiration : Angélique.
Importunité : Bardane. — Basilic d'eau.
Incertitude : Balisier.
Inconduite : Queue-de-Lion ou Phlorinde.
Inconstance : Enothère.
Inconvenance : Bardane.

Indépendance : Prune sauvage. — Prunier sauvage.

Indifférence : Argémone. — Héride de Perse. — Tubé reuse donale.

Indiscrétion : Roseau plumeux.

Infidélité : Rose jaune.

Ingratitude : Renoncule scélérate.

Injustice : Houblon.

Innocence : Petite marguerite. — Rose blanche. — Violette blanche.

Inquiétude : Acacia. — Lilas jaune. — Lis jaune.

Insouciance : Ruellie multiflore.

Instabilité : Fucus.

Intrépidité : Arrête-bœuf.

Intrigante : Ruellie ovale.

Intrigues : Jonc marin. — Tournesol. — Westringie.

Inutilité : Spirée ulmaire.

Irascibilité : Fragon.

Ironie : Sardonie.

Isolement : Carline.

Ivresse : Fleurs impériales. — Vigne.

J

Je brule : Raquette.

Je fuis la louange : Violette rouge.

Je m'attache a vous : Jasmin rouge.

Je meurs si on me néglige : Viorme-Laurier-thym.

Je ne puis vous quitter : Lychniole.

Je ne vous survivrai pas : Mûrier à fruit noir.

Je partage vos sentiments : Petite marguerite double.

Je sens vos sentiments : Lin.

Je suis sensible a vos peines : Quamoclit changeant.

Je surmonte tout : Gui.

Je vais vous quitter : Julienne blanche et violette.

Je veux vous aimer : Silvie.

JE VEUX VOUS AIMER TOUJOURS : Lycoperde.

JE VOUS DÉTESTE : Tulipe sauvage.

JE VOUS VOIS AVEC PLAISIR : Julienne de Mahon.

J'AI DE L'AMERTUME AU CŒUR : Genièvre.

J'AIME VOTRE MODESTIE : Violette palmée.

JALOUSIE : Almouza. — Ciste. — Styliolier. — Sylphium. — Zoégéa ou Zoégée d'Orient.

JAMAIS JE N'IMPORTUNE : Une feuille de rose.

JEU : Hyacinthe.

JEUNESSE : Lilas blanc. — Printanière. — Zéphyrante blanche.

JOIE : Ambroisie. — Oxalis.

JUSTESSE DE PRÉVISION : Coraline.

JUSTICE : Prune de reine Claude. — Vipérine.

J'Y SONGERAI : Grande Marguerite.

L

LA FORTUNE DOIT VOUS SOURIRE : Fuchsia constellation.

LAISSEZ-MOI VOUS AIMER : Violette de Parme.

LANGUEUR : Baume de Judée. — Pavot.

LANGUEUR D'AMOUR : Adoxa muscateline.

L'ÉDUCATION DÉVELOPPE NOS BONNES QUALITÉS : Poirier.

LÉGÈRETÉ : Mogorie. — Némésis fleurie. — Ptélée trifoliée.

LE SORT VOUS SERA CONTRAIRE : Fuchsia Whit perfection.

LÉTHARGIE : Pavot noir.

LIENS D'AMOUR : Chèvrefeuille.

LUMIÈRE : Marsault.

L'ON VOUS TRAHIT DANS VOS PROJETS : Fuchsia one in the ring.

LUXE : Marronnier d'Inde.

M

M'AIMEZ-VOUS : Chrysanthème des prés.

MAJESTÉ : Lis. — Quisquale de l'Inde.

MALADIE : Anémone des prés. — Baume de Judée. — Ziziphus de Chine.

MALADIE DANGEREUSE : Arnica.

MALICE : Renoncule bassinet.

MAUVAIS CŒUR : Rue des jardins.

MAUVAIS MÉNAGE : Zoégéa ou Zoégée d'Orient.

MÉFIANCE : Jalousie. — Lavande. — Witsémie en Corymbe.

MÉLANCOLIE : Feuilles mortes. — Saule pleureur. — Violette panachée.

MÉLODIE : Guittarin.

MENSONGE : Buglosse.

MÉPRIS : Seringat odorant.

MÉRITE CACHÉ : Coriandre.

MES BEAUX JOURS SONT PASSÉS : Colchique.

MÉSINTELLIGENCE : Parnassie.

MES INTENTIONS SONT PURES : Lis de Sibérie.

MESSAGE : Iris.

MINAUDERIE : Belle de jour.

MISANTHROPIE : Chardon à foulon. — Pariétaire.

MISE DÉCENTE : Ulmus d'Amérique.

MODESTIE : Violette.

MŒURS : Rue sauvage.

MOLLESSE : Molène.

MORT : Fuchsia Nicholsoni.

MORT D'UN AMI INTIME : Zapia nain du Cap.

MORT PRÉMATURÉE : Fuchsia, roi de Rome.

MUSIQUE : Roseaux.

MYSTÈRE : Scabieuse.

N

N'abusez pas : Safran.

Naissance : Dictame de Crète.

Naïveté : Argentine. — Lis du Japon.

Ne nous quittons pas : Julienne blanche.

Nœuds : Lianes.

Nœud indissoluble : Branche ursine.

Noirceur : Ébénier.

Nos regrets vous suivent au tombeau : Asphodèle.

Nouveauté : Myrtile.

Nuit : Convolvulus de nuit.

O

Obscurité : Convolvulus de nuit.

On vous aime de tout cœur : Fuchsia fulgens du Mexique.

On vous rendra justice : Tulipe de Gels. — Tussilage odorant.

Oracle : Pissenlit.

Ornement : Charme. — Kethime ou Hibiscus.

Orgueil : Laurier cerise. — Lys du Japon (Voir Amaryllis.) — Pavot rouge. — Pyramidale. — Xantochyme.

Orgueil démesuré : Fuchsia Amédée.

Oubli : Millepertuis. — Oublie grande lunaire.

Oubli éternel : Anagosis.

P

Paix : Olivier.
Paresse : Ulmus pédonculé.
Passion violente : Matricaire.
Passion vive et désordonnée : Fuchsia flavescens.
Patience : Patience.
Pénible souvenir : Adonide.
Perfidie : Laiche. — Laurier amandier.
Perfection : Ananas.
Péril : Arnica.
Persévérance : Chiendent. — Cupidine.
Persistance : Hémerocalle de la Chine.
Philantropie sans bornes : Fuchsia Champion.
Piége : Gouet gobe-mouches.
Piége a craindre : Kalmie.
Piété feinte : Pêche bourdine.
Piété filiale : Prime virginale.
Plaisanterie : Mélisse citronnelle.
Plaisir : Gesse à larges feuilles.
Plaisirs champêtres : Alliace. — Tulipe de Gessner.
Plaisir délicat : Pois de senteur.
Plaisir doux : Passe-rose.
Plaisir durable : Fleurs de pommier.
Plaisirs sylvestres : Brunelle.
Pleurs : Hélénie.
Plus je vous vois plus je vous aime : Germandrée.
Plutôt mourir que de perdre l'innocence : Rose desséchée.
Poésie : Églantine.
Politique : Gueule de loup.
Politesse : Prune reine-claude violette.
Poltronerie : Gaînier. — Ypréau.

Précaution : Érable.
Preférence : Fleur de pommier.
Premier aveu : Rucillie élastique.
Première émotion d'amour : Lilas.
Première erreur : Cornouiller panaché.
Premier soupir : Barbeau de Constantinople.
Première jeunesse : Primevère.
Préférence : Géranium rosé.
Prétention : Salicaire.
Présage : Souci pluviatile.
Présomption : Fritillaire de Perse. — Muflier.
Prévoyance : Moujon,
Privation : Myrobolan.
Profit : Chou.
Promenade : Cresson.
Promenade sentimentale : Noisetier.
Promptitude : Giroflée de Mahon.
Propreté : Genêt.
Prospérité : Hêtre.
Prudence : Cormier.
Pudeur : Sensitive.
Pureté : Balsamine blanche. — Ornithogale épi de la Vierge.
Pureté enfantine : Lis pompon.
Puissance : Impériale.

Q

Querelle : Achillée.
Querelle d'amour : Fuchsia formosissima.

R

Rafraichissement : Laitue.
Raison : Galéga.
Rareté : Mandragore.
Réciprocité : Œillet incarnat.
Récompense de la vertu : Couronne de roses.
Réconciliation : Coudrier.
Reconnaissance : Agrimoine. — Cameline. — Coquelicot. — Figuier. — Prune perdrigon rouge.
Réformez votre fatuité : Fuchsia Vénus victrix.
Refroidissement : Boule de neige.
Refus d'amour : Œillet panaché.
Regrets passagers : Astragale.
Réjouissance prochaine : Alleluia.
Religion : Noyer.
Remords : Aconit ou Casque. — Épines.
Rendez-vous : Mouron.
Rendez-moi justice : Chataignier.
Repentir, larmes d'amour : Pêche Madeleine, Violette.
Réserve : Érable.
Résistance : Morée d'Orient.
Retour du bonheur : Muguet.
Réveil matin : Euphorbe.
Rêverie : Aurone. — Balisier. — Bruyère. — Osmonde.
Richesse : Blé. — Froment.
Rigueur : Camara piquant.
Rudesse : Grateron.
Réserve : Sycomore.
Respectez la vieillesse : Prune de Catherine.
Résistance : Tremelle-Nostoc.
Rupture : Paille brisée. — Palémoine bleue. — Rose détachée de sa tige.

S

Sagesse : Lis des Incas. — Mûrier blanc.
Sang chaud : Symphistum.
Santé : Fédie.
Secours : Genévrier commun.
Séduction : Oreille d'ourse.
Sensualité : Jasmin d'Espagne.
Sentiment inaltérable : Oreille d'âne.
Séparation : Amourette. — Jasmin de Virginie.
Sincérité : Fougère. — Mauve. — Pulmonaire bleue.
Simplicité : Rose blanche simple.
Sobriété : Prune de Damas blanc.
Soins domestiques : Fritillaire pintade.
Solidité : Kaki.
Solitude : Alysse des rochers. — Bruyère. — Carline.
Sombres réflexions : Néflier.
Sommeil de coeur : Pavot blanc.
Sortilège : Circée.
Sottise : Géranium écarlate.
Soupçons : Aster. — Champignon. — Pranan d'Illyrie.
Souvenez-vous de moi : Myosotis.
Souvenir : Pensée.
Souvenir d'absence : Digitale.
Souvenirs d'amour : Styphélie.
Soyez mon appui : Taminier.
Splendeur : Reine Marguerite.
Stoïcisme : Buis.
Superstition : Gui de chêne.
Sureté : Sisle.
Surprise : Pavot mêlé. — Truffe.
Surveillance : Campanule.
Sympathie : Cheveux de Vénus. — Giroflée. — Ptérocaya. Stalice maritime.

T

TALENT : Œillet rose.
TALENT MODESTE ET VÉNÉRÉ : Camélia.
TEMPS : Peuplier blanc.
TENEZ VOS PROMESSES : Prune jaune hâtive. — Prunier.
TENTATION : Ximénésie.
TIMIDITÉ : Phytolacca.
TOUJOURS HEUREUX : Marjolaine.
TOUS LES SENTIMENTS : Toutes les fleurs.
TOUT A VOUS MON COEUR : Rudbièque.
TOUTES VOS DÉMARCHES SERONT VAINES : Fuchsia triomphe de Miellez.
TRAHISON : Apocym. — Caille-lait. — Ciguë. — Watsomie rose.
TRANQUILLITÉ : Alysse des rochers.
TROMPERIE AMOUREUSE : Pêche alberge jaune.
TRISTESSE : Feuilles mortes. — Flouve. — If. — Marguerite.

U

UN JALOUX NUIRA A VOS PROJETS : Fuchsia comtesse de Cornwalis.
UNION : Grenadier. — Paille.
UNION PARFAITE : Xipride.
UNISSONS-NOUS : Épilope à épi.
UTILITÉ : Carthame. — Gazon. — Herbe. — Orme.

V

VANITÉ : Lilas rose.
VÉNÉRATION : Œillet des poëtes.

VÉRITÉ : Morelle.
VERTU : Baume. — Rose purpurine simple.
VERTU OFFENSÉE : Balsamine blanche.
VERTUS ENFANTINES : Tulipe de l'Écluse.
VÉTUSTÉ : Ulmus subéreux.
VEUVAGE : Zéphyrante.
VICE : Ivraie.
VICTOIRE : Palmier.
VIE : Luzerne.
VIE SANS AMOUR : Agnus castus.
VIGUEUR : Aristée.
VIRGINITÉ PIEUSE : Lis Matagon.
VIVACITÉ : Balsamine rouge — Pavot rose.
VOLUPTÉ : Rose mousseuse. — Tubéreuse.
VOS CHARMES SONT GRAVÉS DANS MON CŒUR : Fusain.
VOS YEUX ME GLACENT : Ficoïde glaciale.
VOS QUALITÉS SURPASSENT VOS CHARMES : Réséda.
VOTRE ENVIE SERA SATISFAITE : Fuchsia corolle vermillon.
VOTRE PRÉSENCE ADOUCIT MES PEINES : Jujubier.
VOTRE PRÉSENCE ME RANIME : Romarin.
VOTRE RENOMMÉE SE RÉPAND PARTOUT : Essence de rose.
VOTRE SIMPLICITÉ ME PLAIT : Violette brumeau.
VOTRE VUE CAUSE MA JOIE : Ornithogale à ombelle.
VOUS ÊTES BELLE : Sysirinchium.
VOUS ÊTES BELLE ET BONNE : Yuban ou Magnolier.
VOUS ÊTES BIEN SECONDÉ : Fuchsia Beauty of Leede.
VOUS ÊTES BRILLANTE D'ATTRAITS : Renoncule asiatique.
VOUS ÊTES FROIDE : Hortensia.
VOUS ÊTES MA DIVINITÉ : Gyroselle.
VOUS ÊTES SANS PRÉTENTION : Coquelarde.
VOUS FAITES ATTENDRE : Chrysocome.
VOUS FAITES MON TOURMENT : Ixia.
VOUS INSPIREREZ L'AMOUR : Cupidone bleue.
VOUS ME CONSOLEZ DE TOUTES MES PEINES : Yèble ou Sureau commun.

VOUS NE PERDEZ RIEN A L'ATTENTE : Fuchsia Miaphylla.

VOUS REFUSEZ MES SOINS : Gentiane.

VOUS RENDEZ LE CALME A MON AME : Lupin.

VOUS RECEVREZ UNE FLATTEUSE INVITATION : Julienne des jardins.

VOUS SEULE POUVEZ GUÉRIR MON CŒUR : Origan dictame.

VOYAGE LOINTAIN : Absinthe (petite marine).

POISSY. — TYP. BOURET.

TABLE DES MATIÈRES

CONTENUES DANS CE VOLUME

FIN

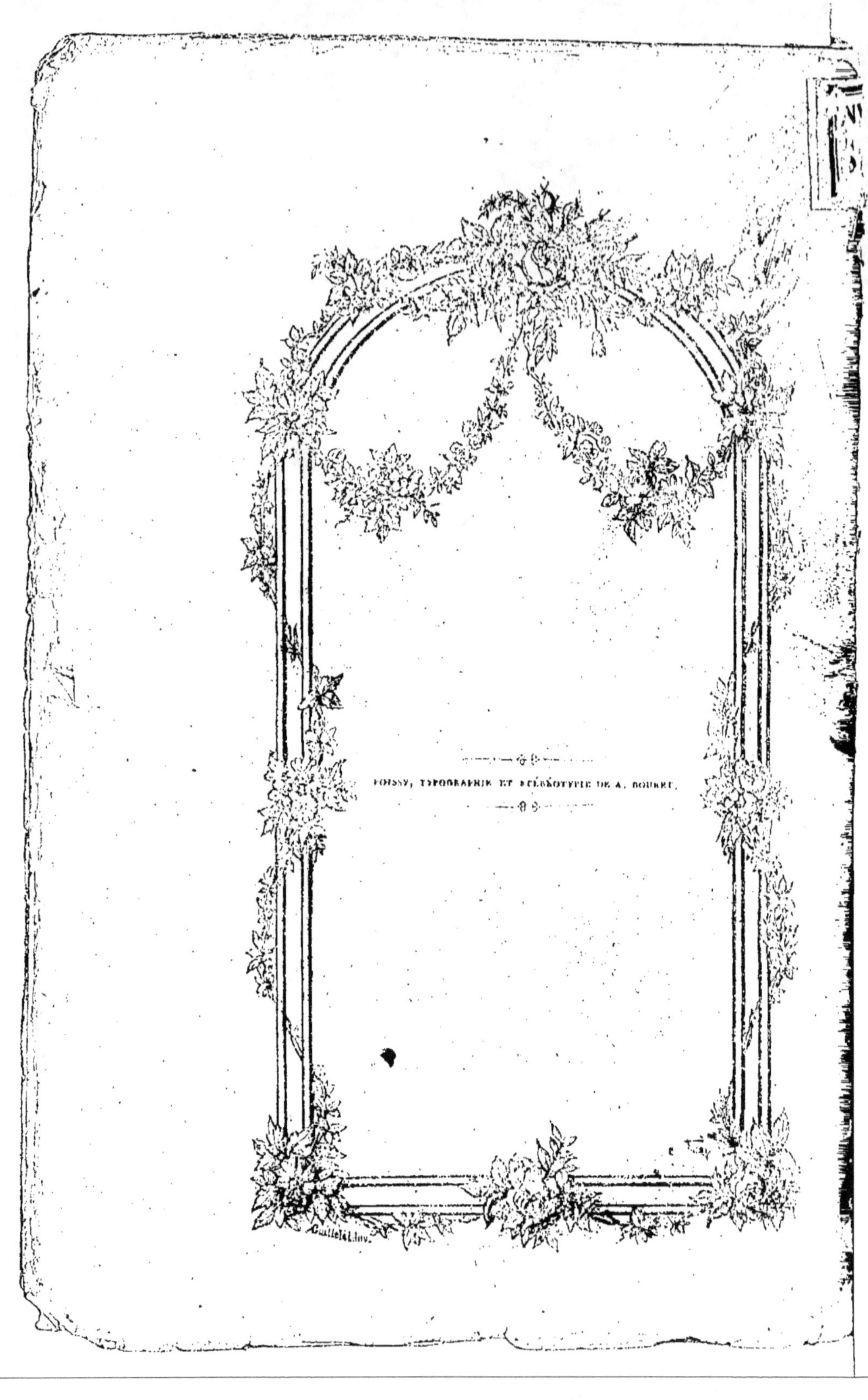

POISSY, TYPOGRAPHIE ET STÉRÉOTYPIE DE A. BOURET.

www.ingramcontent.com/pod-product-compliance
Lightning Source LLC
LaVergne TN
LVHW010553110826
845149LV00003B/644
9782019535711